梁平 著

# 家谱

四川文艺出版社

**图书在版编目（CIP）数据**

家谱 / 梁平著. — 2版. — 成都：四川文艺出版
社, 2019.3
ISBN 978-7-5411-5260-3

Ⅰ.①家… Ⅱ.①梁… Ⅲ.①诗集－中国－当代
Ⅳ.①I227

中国版本图书馆CIP数据核字（2019）第028041号

JIA PU

# 家　谱

梁　平　著

| | |
|---|---|
| 责任编辑 | 周　轶 |
| 封面设计 | 叶　茂 |
| 内文设计 | 史小燕 |
| 责任校对 | 蓝　海 |
| 责任印制 | 唐　茵 |

| | |
|---|---|
| 出版发行 | 四川文艺出版社（成都市槐树街2号） |
| 网　　址 | www.scwys.com |
| 电　　话 | 028-86259287（发行部）　　028-86259303（编辑部） |
| 传　　真 | 028-86259306 |

| | |
|---|---|
| 邮购地址 | 成都市槐树街2号四川文艺出版社邮购部　610031 |
| 排　　版 | 四川最近文化传播有限公司 |
| 印　　刷 | 三河市华东印刷有限公司 |

| | | | |
|---|---|---|---|
| 成品尺寸 | 142mm×210mm | 开　本 | 32开 |
| 印　张 | 9 | 字　数 | 180千 |
| 版　次 | 2019年3月第二版 | 印　次 | 2019年3月第一次印刷 |
| 书　号 | ISBN 978-7-5411-5260-3 | | |
| 定　价 | 49.80元 | | |

皇城根下的主，川剧园子的客，
与蜀的汉竹椅上品盖碗茶，
喝单碗酒，摆唇寒齿彻的龙门阵。

# 《家谱》序

罗振亚

人到中年，该果断搁笔还是继续写下去，如果写下去又应如何避免无效的状态，这对每位诗人都不啻一场噬心的拷问。在这个问题上，梁平化解的功夫堪称一流，他虽已届花甲，却宝刀不老，内力愈加醇厚。如此说，并无关他先后把《星星》《草堂》两家诗刊经营得风生水起，气象万千，享誉海内外，也不涉及他在诗江湖上豪侠仗义，交结四方，被公认为圈内"老大"，而是意指他能够以自觉沉潜的姿态，不为任何潮流和派别所左右、裹挟，不但方向感越来越明确，而且凭借着对文本令人叹服的过硬打磨，对诗歌修辞、肌理与想象方式更为专业的调试，进入了人生和艺术的成熟季节。

诗集《家谱》敞开了宽阔的抒情视野，从《汉代画像砖》《古滇国墓葬群》到《曾家岩》《磁器口》，从《西湖瘦月》《三味书屋》到《梁祝》《西蜀香茗》，从《禅宗祖师·马道一》《雍齿侯》到《知青王强》《杀猪匠》，只要浏览一下目录铺就的意象小路，就会发现诗人是在用自己的一颗心与整个世界"对话"。大到宇宙小至蝼蚁，远到幽幽苍天近至渺渺心河，历史、现实、文化、自然、灵魂、人生等世间所有的事物，打传统眼光看去有诗意无诗意的仿佛都被诗人驱遣于笔端，纳为主体情感渴望和吁求的载体或抒发机缘点；只是颇具文化底蕴的梁平，不愿去关注那种不无唬人之嫌的绝对、抽象之"在"，倒是喜欢以"心灵总态度"的融入和统摄，在日常生活与情趣的"及物"选择中建构自己的形象美学，这种诗意的感知和生成机制本身，就隐含着与读者心灵沟通的可能。如"未曾谋面的祖籍，/被一把剪刀从名词剪成年代，/剪成很久以前的村庄……村头流过的河，/在手指间绕了千百转，/流到一张鲜红的纸上。/手指已经粗糙、失去了光泽，/纸上还藏着少女的羞涩，/开出一朵粉嫩的桃花。/这一刀有些紧张，/花瓣落了一地，/过路的春天捡起来泼洒，/我看见了我的祖母"（《剪纸》）。一种流传甚久的传统工艺形式剪纸，乃一代一代乡土历史的情感与精神寄托，它凝聚着民间生命、文化蓬勃鲜活的信息，和祖母年轻时代内心憧憬、慌乱的隐秘心理戏剧，作者用回望的视角书写长者喜怒哀乐兼具的青春故事，既是记忆的恢复，又是想象的重构，怀念之情被渲染得美真交织，煞是别致。再有"三棵红柳挺立在格桑花海，/那是1935年的落红。/生命的原色，/血染的国家的颜色，/无比灿烂，/那支红色的队伍，/从这里经过以后，/红原就红了"（《红原》）。作为现代"红色叙事"系列诗之一，它通过对红原多方位质感的地理透视，凸显了当年中国工农红军浴血奋战、以生命为代价支撑民族命运的艰难而悲壮的时代真相，"红了"之"红"则隐喻着抗争的价值和意义。

不难看出，梁平的诗是"走心"的，抒情主体发现诗意、处理历史与现实关系时稔熟超常的能力，保证他面对的不论是宏阔遥远的历史遗迹，还是旖旎奇崛的自然风光，抑或琐屑平淡的日常事态，任何视域和事物均可出入裕如，随心所欲，能够写历史题材却超越思古幽情的抒发层面，流贯着现代性的经验因子，不为历史所累，写现实题材却不粘滞于现实，而因自觉的历史意识渗入，最终抵达事物的本质有所提升，协调好传统和现代矛盾对立的质素；主体的深邃敏锐则又使诗人作品中传递的诗意自有高度和深度，客观外物尽管看起来仍呈现着见山是山见水是水的状态，实际上却被诗人在他人的习焉不察中悄然置换、晋升为"人化"的山水，于是乎巴蜀风情、川地山水和世道人心，就顺理成章地在诗人的心灵孵化下爆发出盎然的诗趣。

如果说印象中的梁平善于做宏大叙事，诗性解读巴蜀文化的《重庆书》与《三星堆之门》等文本更不乏史诗倾向；这次由"为汉字而生""蜀的胎记""巴的血型"三辑结构而成的短诗集，文化气息依然十分浓郁，情绪的舞蹈喧哗还在，但以识见和经验见长、知性化抒情的"思"之品格却越来越显豁了，这是时间的馈赠，也是诗学理念调整的结果。梁平也曾虔诚地信服某些先贤所言，诗是生活的表现、情绪的抒发或感觉的状写，可随着对诗歌本体认知的深化，他发现传统观念涵盖不了理性思考占较大比重的人类心理结构，至少到了冯至、穆旦、北岛等一系列诗人那里，诗歌已经成为某种提纯和升华了的经验，诗原本该是情感和思想共同的丰富和延伸，它有时就是主客契合的情感哲学。这种科学的理念同丰富的人生阅历体验、超拔的直觉力遇合，敦促着梁平的《栅栏世界》《一次晚餐的感觉》《我们》等大量对人生、历史、时间、死亡、爱情等精神命题思考的诗，不时逸出生活、情绪以及感觉的层面，成为饱含某种理意内涵、情理浑然的思想顿悟。如"很久以前，/栅栏轰然一声，散了。//栅栏里的世界，/静如处于，有雾走动。//其实爱恨无形，/有无栅栏并不重要。//不散的栅栏是时间，/一万年以后，也不。//比如我，在与不在，/早已置之度外"（《栅栏世界》）。栅栏仅仅是触媒，作者借助有形的栅栏聚焦无形的爱恨情感和时间范畴，平静达观的主体现身，展开的即是一段人生边上的"眉批"，一片思想的"家园"，其实，世间许多事物之间并无隔膜，也无须设障，在亘古的时间面前谁也无法永恒，因此尽可以超然对待一切，包括生死，诗给读者的更多是启人心智的感受。再如《刑警姜红》也涉过情感的浅滩，进入了思想发现的场域，诗中不无命运无常观念，姜红一表人才，长相英俊，业务精湛，却因涉黑成为阶下囚，"姜红的红，与黑只有一步，/这一步没有界限，/就是分寸。姜红涉了黑，/'近墨者黑'的黑，/黑得确凿。//多年过去了，我去探视他……眼睛潮湿了，泪流不下来，/那天，离他刑满，/还有一百八十二天。"在情感和感觉河流的淌动中，已有理意"石子"的闪光，对与错、善与恶、坦途与深渊常比邻而居，随时都有逆转的可能。应当说辩证法不是诗，但诗中若有辩证思维的灵光闪烁，却是难得的智慧境界。

　　"思"之品质和分量的强化，在动摇、拓展传统诗歌观念的同时，自然增加了诗意内涵的钙质和硬度，提升了现代诗的思维层次。可贵的是，梁平清楚如果诗之"思"单凭理性或哲学去认识，无异于赤裸苍白的人；所以他走了一条感性、悟性言情的非逻辑路线，在意象、事态的流转中自觉地渗透

"思"。像《三味书屋》就充分体现了这一特质。"屋子老了，/几张小木桌在那里静卧。//墙角的那张，/横陈一隅，/不规矩醒目如先生。//匾下那只梅花鹿还在，/画影斑驳，/依稀可寻那时的肥硕。……屋后的树子老了，/没老的是先生的文章。"诗人意欲表达鲁迅先生人虽消失精神却将永存的思想，进而肯定鲁迅先生文章生命长度超过了自然生命长度的不朽，但没有直言心事，而是通过"屋子"、"画影"、"屋后的树"和"先生的文章"等几个意象，特别是意象间的对比处理来完成诗意传达。这样介乎于隐藏自我与表现自我之间的诗歌状态，就有了隐显适度的含蓄味道。可以说，梁平诗歌的感性化和理意化倾向是平衡发展的，并且它们双双被推上了相对理想的高度。

以意象、象征抒情，本是梁平的拿手好戏，在许多诗人那里也似曾相识，这里无须多言。倒是多年在诗歌海洋里的浸泡和摸爬滚打，使他对诗歌的习性了如指掌，最清楚诗歌文体对"此在"经验的占用和复杂题材的驾驭，绝对不如小说、戏剧和散文文体来得优越，所以梁平很早即养就了一种开放意识，在诗中向叙事文类借鉴必要的艺术手段，关注对话、细节、事件、过程、场景等因素，将叙述作为建立、维护诗和世界关系的基本手段，以缓解诗歌文体自身的压力。如"梁山伯，/与女扮男装的祝英台，/十八里相送之后，化了蝶。/他们两人的那点事儿，/从坊间的流言蜚语，/落笔成白纸黑字，/不是也是了。//东晋当过县令的本家，/鄞州史料上治理过姚江，/积劳成疾而终。/青春期与英台有点暧昧，/而且不知道她是女人……山伯的古墓遗址，/碧草还是青青，/花也在开，妖娆。/飘飞的衣袂隐约、孤零，/没有成双成对。/过眼一只蝶，老态龙钟，/已经扇不动翅膀"（《梁祝》）。它避开抒情诗意象寄托和叙事诗情节表现的路数，以"事态"的经营凸显人物特质，干净利落，具有较为丰满的叙事长度。其中有梁祝悲情故事的复现，有梁山伯善良却迂腐性格的刻画，有梁祝相处和分别后的细节描写，有古墓孤蝶凄清氛围的烘托，乃至诗人对梁祝故事的评价，诗似乎已经具备了叙事性文学的主体要素，当然诗人同情婉叹情绪的渗透前提，使之仍未超离诗性叙事的范围。和注意叙述节奏的《梁祝》不同，《邻居娟娟》则以白描手法凸显细节取胜，"摇晃的灯光，摇晃的酒瓶，/摇晃的人影摇晃的夜，/摇晃的酒店，/摇晃的床"。仅仅一个"摇晃"的细节，足以道出娟娟的职业、处境与内心的苦涩。叙事性文学手段的引入，一方面在诗歌空间中释放出了浓厚的人间烟火气息，和日常化的审美取向达成了内在的契合，一方面在无形中拓展了诗歌文体的情绪宽度和容量。

诗歌一如诗人，有个性才可爱。梁平的幽默有趣和他的大气豪爽一样，圈内的人无不知晓，《家谱》深刻地烙印着他个人化的创新痕迹。他处理任何题材，好像都从容淡定、举重若轻，这和他很多作品在丰厚的文化底蕴隐蔽下那种反讽、幽默的机智风格不无关联。"医院说癌细胞扩散了，/没有办法了。他的身体和名字，/最后在火葬场化尸炉里化成了灰，/灰里，有一把化不了的手术刀。/已经烧黑了的刀不说话，/它在张成明腹腔里的舞蹈，/藏匿在手术后康复出院证明书/鲜红印章里了，比癌细胞扩散更要命。//好人张成明，我的高中同学，/就这样走了，走得不明不白。/他现在在另一个世界，我想，/肯定在学医，外科，将来是一把好刀"（《好人张成明》）。梁平说过，诗人的价值就是担当，这首诗就以冷幽默的叙述方式，在尽一个诗人关注当下的忧患之责，硬朗朴素的词汇，诙谐调侃的语气，一下子拉近了与读者的距离，可是承载的令人疼痛的医疗事故致人死亡的严肃命题，又让人悲愤不已，轻松和沉重间的张力制造堪称匠心独运。《白喜事》的叙述也俏皮得很，读到结尾处"披麻的戴孝的围了过来，/夸上几句好手气。/一大早出殡的队伍走成九条，/末尾的幺鸡，/还后悔最后一把，点了炮。"或许不少人会忍俊不禁，但它却把西南边地的丧葬风俗写得出神入化，惟妙惟肖。再如梁平诗歌的语言在机智幽默的同时，遣词造句上总透着某种出人意料的"嘎劲儿"，能带来一股陌生的新鲜气，像"日干乔大沼泽没有表情，/它不知道该怎样表情"（《红原》），"界限不清，/子夜从来没有夜过"（《子夜》）。最普通的名词"表情"、"夜"经第二次出现的动用，就完全"活"了起来，极具表现力。至于虚实镶嵌、"远取譬"和拟人等手法，在《家谱》中更是俯拾即是，"马蹄声碎，远了，/桃花朵朵开成封面"（《龙泉驿》），"我的醉，是酒瓶里的梨，/生长缠绵与悱恻……"（《邯郸的酒》），"只一碗酒，连筷子都不动，/那刀，踉跄着走了"（《杀猪匠》）。需要指出的是，它们和冷僻乖戾、佶屈聱牙的"装"之本质相去甚远，而常常伴着亲切的说话调式出现，如果诗人都能这样亲切地说话，诗坛就有福了。这种写法经济而奇峭，它能够改变读者惯性的思维路线，带给人审美刺激和惊颤；尤其是在过于典雅含蓄的诗坛憋闷得太久，被诸多不痛不痒、不温不火、不死不活的文本折磨之后，再去接近它们就更会产生一种阅读的快感。

　　原来，《家谱》在"写什么"和"怎么写"两方面，均有建树和启示。我愿意让更多的读者读到这本诗集，并且喜欢。

2017年9月22日于天津阳光100寓所

# 目录

# 第一册　为汉字而生

# 长城谣

秦朝始皇，
以仰躺的姿势，
把一个民族的血肉之躯，
陈列在史书上。

蛇舞城墙，
筑城万里。
殉葬一万里怨声一万里，
群山倒卧昨夜的鬼哭。

每块方砖每具尸骨，
渐次风化为木乃尹了。
即使孟姜女，
再哭一万年。

有残垣记载功过，
半阕月亮忽明忽灭。
蒙恬悬空的鞭影，
落下将军书写的题记。

孟氏的遗腹子孙，

阅读背景和血。

一部名著，由我来写跋，

（此处省略三百行）

字如铁，比城墙厚重。

# 北海即兴

皇帝及娘娘们作乐，
游及方圆。

我摇一船雅兴至此，
找寻某代帝王遗落的花边。

北海，仅仅一个随意，
由后人编纂。

有桨声划破月色，
有荷叶滴落隐情。

一壶天地栖息两只鸽子，
白日的梦恍兮惚兮。

隐约有人在那边发问，
我，该是哪朝皇帝？

# 西湖瘦月

江南寻夫的女子，
都到西湖来了。

湖堤上，
杨柳腰一摇一摆。

太阳稍不留神，
滑落在水里。

蛐蛐开始轻唱，
平平仄仄是愁肠。

断桥没断，
剩一人采摘星星。

月亮好瘦了，
丢失的簪子挂在天上。

# 三味书屋

屋子老了，
几张小木桌在那里静卧。

墙角的那张，
横陈一隅，
不规矩醒目如先生。

匾下那只梅花鹿还在，
画影斑驳，
依稀可寻那时的肥硕。

书屋是先生的先生的家，
先生年少的身影．
长衫晃动的三味．依然。

屋后的树子老了．
没老的是先生的文章。

# 普陀观音

一万里南海波涛在你眼里，
平和如镜。

所有向你扑面而来的风，
都不会任性以往。

在你的指尖上停留片刻，
都有了灵性。

人群里黑黑白白的故事，
跪拜中真真假假的虔诚。

我或者只是一阵风，
从你的指缝滑落。

# 溪口印象

因为一条很长的墓道，
溪口热闹非凡，
人力车满街飞舞，如蝗。

帆布篷遮阳遮雨，
遮不住花花绿绿的男女，
塞满江南小巷。

那条墓道顺山势而上，
那墓的风水很好，
墓的主人却睡得不好。

她担心以后，
她生养的儿子孙子曾孙子们，
不认识这里的清明草了。

# 似 水

水流一段历史，
很久以前的战争过去了，
再也没有人提起。

现在开始和平，
重要的是不失去记忆。

不可以让鲜血开出花朵，
覆盖伤痛。

不可以把弹壳改成花瓶，
装满芬芳。

我知道河水的每块石头，
都有故事，而我，
就在某个章节里。

# 秘密季节

所有看得见的风景，
在自己之外。

阳光和树动人的时候，
季节温暖，日子如初。

草坪上唯一的经典建筑，
小木屋已经睡着。

季节可以悄悄地来，
我不可以。

门关了，窗子关了，
秘密只在心跳的地方。

# 栅栏世界

很久以前，
栅栏轰然一声，散了。

栅栏里的世界，
静如处子，有雾走动。

其实爱恨无形，
有无栅栏并不重要。

不散的栅栏是时间，
一万年以后，也不。

比如我，在与不在，
早已置之度外。

# 一片树叶悬在半空

一片树叶，
悬在半空很久了。
去年的画家，
画我今年的心境，
压在玻板上喘不过气。
我悬在半空，
在半空中写诗，
我的诗改变了模样。
别人认不出来，
我也认不出自己。
一块石头放在树叶上，
只差一个理由，
落下我。

# 叶落风景

漂浮在水面上的秋，
不情愿沉落。

有的又爬上岸了，
好像还有什么要倾诉。

还以为是昨天，
还想回到树上去吗？

这里来来去去的风，
开始七嘴八舌。

而水，把一切看在眼里，
纹丝不动。

# 一条蛇与我等身

一条蛇，
与我等身一米七四。
从餐馆的玻缸里探出头，
嗅小姐纤纤素指。
衣裳蜕落了，
绿宝石一样的蛇胆，
落入杯中。
我的酒绿得美丽，
令我心跳不已，
把盏的手保持平衡，
杯中之物，
物外的我，
都可能被一饮而尽。

# 横穿马路的时候

横穿马路的时候停电了，
甚至没有暗示。
我在车森林里逍遥，
和急刹打招呼，
和司机寒暄，
问些不痛不痒的事情，
不涉及死亡和血。
停电了，
横穿了城市，
紧张过度的黄昏，
在身边放松了自己，
交通灯闭上眼睛，
含情脉脉。

# 一次晚餐的感觉

周末傍晚吃韩国烧烤，
一次非同小可的历险。
韩国服饰飘荡如旗，
围坐的人，无一姓韩，
语言也不。
清油一勺勺跌进煎锅，
滋滋地哭得伤心。
手帕换了又换，
几只蟹眼睛肿了，
呆望锃亮的餐具，
我望着蟹，
再也看不见其他东西。

# 沙利文突然消失

沙利文突然消失，
在这座城市。
取而代之是一个沙盘，
以及沙盘上的，
缩微建筑。

占据沙利文，
绝非偶然，
照说还应该提前。
中国竹筷一捏几千年，
喂养的中国胃口，
咽不下沙利文，
架起的刀叉。

沙利文那年摆好的宴会，
只剩下残席一桌，
沙利文。

# 三个邮戳

三个邮戳发往南方，
南方海蓝得诗意。
波音从天而降，
寄存我忘了保险的邮件。
我的邮件很贵重，
取自大观园里的某块石头，
一个宝器，灿若，
乞力马扎罗的雪。
雪白中三个邮戳格外醒目，
无法掩饰，无从解释。
悲悯是那天的感觉，
等待海上风起，
不沾半点海蓝……

# 静　场

帷幕撕开，
舞台推出大世界，
粉墨的角色纷纷登场。

龙套什么也套不住，
八千里路只一步，
找不到追灯在哪边。

紧锣密鼓之后，
司鼓的眼睛睁了一半，
帮腔的调跑得老远。

跟班的坚持跟班，
表演的照常表演，
刀光与剑影，无人喝彩。

椅子在台下很憨厚，
亮出清一色的国字脸，
戏还没演完……

# 没有意思

午后的烟头很疲倦,
烟缸饱了,
嗝出刺鼻的气味。

有女孩抽象情节,
没有果子的树,长得尚好,
没有意义的焖抽出意义。

饥渴让呼吸感到困难,
怜悯被青烟纠缠,
眼睛发直。

一堵墙,
终于在偏见中看穿,
里面什么都没有。

吐圆的烟圈遭风袭击,
我说这没有意思,
而你,面壁背不出台词。

# 子 夜

玻璃挡不住窗外的悲喜剧，
生末净旦丑统统出场。

界限不清，
子夜从来没有夜过。

夜游的人上街疯窜一阵，
丢鞋的脚感冒了。

一个喷嚏把心尖喷出老远，
落地如雷鸣。

昨天与今天没有不同，
有窗的房间暗淡了。

花在阳台上开得很暖，
烟头很红。

斜倚床沿看自己的影子，
想哭。

不知是什么，在子夜，

灼痛了一些心事……

# 对　弈

千军万马压境而来，
以河为界，
以另一种方式抵抗入侵。

退守妙不可言，
没有理由投降，
更没有理由放弃较量。

我在河的这边，
清洗伤口，
用血染的纱布擦拭炮车。

你在河的那边，
嘉奖摇尾的男狗女猫，
为所欲为。

楚河泾渭分明，
苍天在上，
或早或迟有个了断。

即使攻守已经失衡，

最后的卒子，还在，

这盘棋没有下完。

# 丹江道茶

告别了武当，
鄂西的山还在骨节里威武，
汉水蒸发的温润，
源自真武大帝修炼的内丹，
针尖那么一点，
得了道。

道场气象浩荡，
阴阳分割的八卦直抵太极。
上风上水的丹江，
满山遍野的茶，
黑、白，绿、红，
茶杯里的沉浮，
看得见今生与来世。

我习惯了的竹叶青，
应该用丹江水煮。
我不离不弃的峨眉雀舌，
和我上了一趟武当，
不再叽叽喳喳。

一壶道茶在丹江罢了，
一饮而尽。

# 文笔峰密码

一只没有祖籍的鸟，
锋利的羽毛，划破
水成岩褶皱里的深睡眠。

早起的文笔峰，
在天地之间举一支巨椽，
披挂唐宋元明囤积的风水，
比身边的海更浩荡。

皇家禁苑的清净，
匹配白玉蟾仙风道骨的虚空，
王子一个脚印垫高的海拔，
威武了将军横马立刀。

峰顶无形无象，
太极辽阔了沧海桑田。
天的边际，一朵云飘然而至，
有麻姑的仙姿。

而这些文墨只是印记，

那只子虚乌有的鸟，
那只得道的鸟，
留一阕如梦令在海南。

沉香弥漫，
道场深不可测。
在笔尖上做一次深呼吸，
所有的包袱都能卸下，
云淡风轻。

# 双乳峰

仰躺是你最好的姿势，
你的海拔高不可及。
所有哺育过的高度都低下了头，
温顺如婴。不仅仅是黔，
黔以远，东西南北以远的方向，
海拔从每一个生命升起，
成为最高的峰。

我骄傲的头，
置放在巨大双峰的沟壑里，
从年少到青春，直到我老的那天，
我的梦想、我释放的男人的体味，
都有你乳的香，你的给予。
我会和我的那个女人来看你，
我会把看你的女人，当成我的女人。

布衣的温情包裹野性，
再多的强悍与嚣张，
都在双峰之上绕指成柔。
踏歌泼洒的米酒，

曼舞邀约的蛙鸣，
一只捉迷藏的蛐蛐，
跳上夜半的指尖，
痒到天明。

# 咸宁温泉

咸宁泡出很多故事，
不温不火、淡黄色的奢侈，
与布衣和草鞋相依为伴。
朝廷距离太遥远，
历朝历代的江山沸沸涌涌，
却没有从这里的岩窟，
汲取一杯纯净。
雾气蒸腾的风花雪月，
不需要花边修饰，
久远的久，温泉的温，
只要有一次赤裸的浸泡，
灵魂就干净了。

距武汉八十公里的天堂，
这是还没有被污染的浴缸。
这里原始的微量元素，
与你亲密接触，
每种抚慰都有最隐秘的释放，
在水中优美飞翔。
天然不能制造，

水击石岩，有虹影，
整个身心开始温润，
看见雪地鲜花，冬日暖阳，
梦可以生根。

# 红　原

红原的红埋在记忆里，
一支红色队伍从这里经过。
一次死亡行军，
一次红色潮涌。
若尔盖记住了这支燃烧的队伍，
中国记住了这支队伍，
世界，记住了这支队伍。

两万只扛枪的手臂在陷入，
把生命最后的造型，
定格为五指分叉的僵硬的挣扎。
日干乔大沼泽没有表情，
它不知道该怎样表情，
它身体里那些暗藏的深渊，
种下不能愈合的伤痛。

年轻的手指生长出红色的根，
红色的枝条、红色的柳絮，
草原上的红柳与众不同。
格桑花开了，

那支队伍依然向北，
一条红色的飘带漫卷西风，
染红了中国。

三棵红柳挺立在格桑花海，
那是1935年的落红。
生命的原色，
血染的国家的颜色，
无比灿烂，那支红色的队伍，
从这里经过以后，
红原就红了。

# 达维会师

夹金山以及山上的积雪，
被最后一双磨破的草鞋扔在身后。
达维木城沟的小河，
目睹了第一座雪山的告退。
湍急的河水舒缓了，
清洗绑腿上残留的血迹，
飞鸟不过的夹金山，
留下英雄踩踏的钢铁印痕。

河岸上的小木桥，
两支红色的队伍偶然相遇，
成为历史的红色信号，
两个红军主力部队会师的序曲。
红一方面军的军旗，
与红四方面军的军旗列队，
在这个叫达维的地方，
嘉绒藏族的吉祥地。

达维喇嘛寺，
集合起遵义以后最强大的红色力量，

在风中猎猎作响。
已经褶皱的山岩渐渐泛红，
高原的低寒开始转暖，
大碗的青稞酒举过头顶，
那个留胡须的怀安人一饮而尽，
他看见天边飞来的雁阵。

# 懋功议事

懋功六月的阳光，
灌满了天主教堂的每一个角落。
从法兰西远渡而来的牧师，
在一旁仰望旗帜上的镰刀斧头，
眼里充满对神的敬意。
教堂接纳了这面翻越雪山的旗帜，
接纳了这支钢铁队伍。
石榴树开满红色的花朵。


经堂里的经书安静地躺在那里，
同样安静地躺在一旁的
还有那些握枪的战士。
东侧厅堂挤满了军官，
在凝听那个大个子的湖南人，
分析1935年的军事形势，
中央机关最高密级的三部电话，
安卧在教堂对面的厢房。


议事的主角迟迟没来，
主角在不远的地方掂量权力的斤两。

毛泽东在厢房里耐心等待，
隔壁的张闻天在等，
周恩来也在等，
直到三部电话从厢房里撤下，
战士们重新打起背包。
议事搁浅，每个人心都疼了。

# 猛固铁索桥

沃日河两岸的峭壁，饱经风雨，
六根凌空的铁链硬朗如初。
猛固桥固若金汤，
桥头上书写"长平"的人，
已经找不到了。
一支红色队伍留下的标语，
却很清晰。高原上的风，
以经年不变的高腔，
在桥上朗诵它的全文。

从清代泛起的战火还在，
那时还是一座木桥，
乾隆的清军与大小金川的土司，
留在桥上的兵家演义，
神话了桥的传奇。
后来那些围追堵截的枪林弹雨，
在桥头构筑青天白日的工事，
通，不过一步三十米，
阻，只需一夫当关。

粗大的铁索发烫约时间，
刻在桥头的石碑二了。
鲜血染红的河水，
子弹洞穿旗帜发出呼啸，
草鞋、赤脚在铁链上的舞蹈，
成为八十年前，
那支红色队伍最壮烈的抒情。
当抒情披上洁白的哈达，
泸固桥成为永远的经典。

# 谒两河口遗址

关帝在很小的庙子里，
香火很旺。嘉绒藏对汉的三国，
一点也不陌生。
一个很小的藏族镇子，
两河之口十几户人家，
因为一个政党最高级的会议，
成为中国现代史上的
红色遗址。

梦笔山上的雪，
和邛崃山上的雪在六月融化。
两山流淌而下的溪水合拢，
水很凉，驻扎在这里的红色队伍，
有了阳光的照耀。
两河口的天空很蓝，
每双眼睛都看见红旗的方向，
北上。

遗址土墙上残留的暗红，
惊心动魄的标记，

那是永远的颜色。
两河口的关帝庙腾空以后，
红旗向北，人心向北，
红色肆意地泛滥、汪洋，
抹不去两河口的任性。

# 兴　安

湘江上的斗笠长满胡须，
爬上岸来，时间已经耄耋。
胡须长成的竹林，以团、以师，
以军团建制排列成威武。
这是花岗石不能复制的浩荡，
解说无法抵达的真实，
仅剩的三万双草鞋从水上走了，
走完二万五千里。

湘江在兴安的一个漩涡，
留给历史的大词。
密麻麻十七八岁的青春，
红星的红、红旗的红、理想的红，
深埋湘江。水上走过的草鞋，
把这些红播撒了整个国土，
湘江以北，天安门城墙上的红，
珍藏了这个漩涡。

我在湘江之上，看那些竹，
走不了的红，生长起来，在兴安。

花岗石很冷，不能像我一样，
来看你们生命的绿。一个巨大的数字，
"三年不饮湘江水"成为记载。
我无力择出这样的冷漠，
却愿意离开石头走向你们，
席地而跪，三叩九拜。

# 再上庐山

牯岭街夜色凝重，
南来北往的聚集深不可测。
一千个达官贵人的闲话，
一千零一个闲云野鹤的佳句，
一万种走路的姿势，
隐约在石径与茶肆。

这是天上的街市。
庐山的雾、瀑布、松柏以及故事，
经历朝朝代代的清洗和筛选，
飞流三千尺以后，
依然壮怀激烈。

我选择三缄其口，
即使言语也无关痛痒，
沉默是金。尤其在庐山，
沉默还是太平。
那幢石头砌成的会议遗址，
一万颗汉字，
把它变成了墓碑。

如果汉字失去了重量，

不如像我，清冷地坐落一酒家，

温壶酒，烤几条深涧里的鱼，

然后在苍茫里，

与山交换八两醉意。

# 南京，南京

南京，
从来帝王离我很远，那些陵，
那些死了依然威风的陵，
与我不配。

身世一抹云烟，
我是香君身后那条河里的鱼，
在水里看陈年的市井。
线装的书页散落在水面，
长衫湿了，与裙裾含混。
夫子正襟危坐，
看所有的鱼上岸，
没有一个落汤的样子。

秦淮河瘦了，
游走的幻象在民国以前，
清以前，明元宋唐以前，
喝足这一河的水。
胭脂已经褪色，琴棋书画，
香艳举止不凡。

不能不醉。

运河成酒，秦淮成酒，

长江成酒。

忽然天旋地转，光兮惚兮，

不过就是一仰脖

醉成男人，醉

成那条鱼。


长乐客栈床头的灯笼，

与我的一粒粒汉字通宵欢愉。

我为汉字而生，最后一粒，

遗留在凤凰台上，

一个人字，活生生的人，

没有脱离低级趣味，

喝酒、打牌、写诗，形而上下，

与酒说话与梦说话，

然后，把这些话装订成册。


在南京，烈性的酒，

把我打回原形，原是原来的原，

从哪里来回哪里云，

没有水的成都不养鱼，

就是一个，老东西。

# 古滇国墓葬群

石寨山睡了，
没有一丝鸟鸣。
一个王国的墓葬沉寂得太久，
斑驳了。
满地落叶与树枝，
都是大风吹散的矛钺。
与战事无关的烟火留下来，
饰纹爬满青铜的身体，
把远古红土高原上的民族血脉，
埋伏其中。

围墙里杂草和野花，
那些肆意的五颜六色，
成为后裔们身上的披挂，
两千年的译码。
抚仙湖水底的繁华，
缓缓浮出了水面，
古滇有国有家，
一枚黄金"滇王之印"，
在自己的姓氏上，

举起了曾经的江山。
近水而居的石寨，山似鲸鱼，
横卧于滇池的浩荡，
谁能看见它的满腹经纶？


深埋的古滇国墓葬群，
已经没有呼吸。
我在两千年以后的造访，
与守山老人和一只癞毛小狗，
谋面阳光下的苍凉。
老人没有经纶，狗也没有，
一支长杆旱烟递过来，
那是最友好的招待。
却之不恭，只能不恭，
我不能承受，
如此强烈的潦草。
石缝里一朵黄色小花，
开得分外嚣张。

# 滇池与郑和

五百里海的梦，
把一个人的名字斧凿成船，
漂洋过海。
史记的笔跳过了章节，
忽略了这个记载，
忽略了这人在滇池的胎记，
那是滇池的蓝和天的蓝。
天的蓝有多宽，
梦里的海就有多远。


注定举世无双的远行。
海上了无人迹的六百年前，
还没有好望角的达·伽马，
没有美洲新大陆的哥伦布，
大明王朝的一千只帆，
从这人的手上升起。
七下西洋，宛若闲庭信步，
亚非海岸和岛礁的眼睛，
都聚焦在帆上了。

那些惊恐，那些警惕，

那些四处奔突仓皇而逃的背影，

那些剑拔弩张严阵以待的敌意，

在滇池蓝一样的清澈里，

在滇池波一样的温情里，

手语可以解冻，可以冰释，

郑和的和，一枚汉字，

和了海上的风，海上的浪，

世界第一条航海之路，

和了。


最初的五百里的海，

在高原上，就是浩瀚。

昆阳月山西坡的那人，

就是滇池的一滴，

固执地泛滥。

为海而生，

最后为海而死。

大西洋海的蓝、滇池的蓝，

还会一万年蓝下去，

我知道，那人还在。

# 独木舟

跨湖桥的一株马尾松，
八千年前，被部落人群，
不可思议地撂倒。
想象把它划成两半，
完成这个想象的是石头，
石头的器具，标志时代的文明。
锋利的石头啄空了树的腹部，
站立的树躺成一片柳叶舟，
尽管那时不懂诗意，
但他们可以在水上行走了，
陆地与江海，
留下最古老的行为艺术。

那时还没有萧山的名字。
独木舟，重见八千年以后的天日，
以惊世骇俗的光芒，
照亮年代的未知。
波利尼西亚人领衔主演的
辉煌的海洋文化，东起复活节岛，
北至夏威夷、西至新西兰，

南太平洋上的每一个章节，
都该画上一个句号。
独木舟由远而近的桨声，
发出空前的绝响。


不容置疑的惊天动地——
比如五千年前良渚的"玉"，
七千年前河姆渡的"稻"。
八千年的久远，以石取火，
以兽皮与树皮裹身，以智慧与创造，
在每个原始的日子里举手投足。
江与海，见证了祖先古老的舞蹈，
世界所有水域上考证的文明，
在萧山，从独木舟重新开始。


祖先在独木舟的右侧，成为一支桨，
我在左侧，成为它的另一支桨。
八千年的时空穿越，他和我，
被海上异域的目光看成同一个人。
灵魂出窍，我曾经从这里出发，
向萧山以外、南中国以外，
向海。我的航海日记在独木舟上，
挂起风帆，我穿上铁的盔甲，
有了自己的编队、自己的海，
我的祖先是我，我是我的祖先。

# 我拿一整条江水敬你

子期兄，
汉水在蔡甸的一个逗号，
间隔了一轮满月。
耳朵埋伏辽阔的清辉，
与高山和流水相遇。
那个叫俞伯牙的兄弟，
三百六十五天之后，
如约而来。你飘飞的衣袂，
已长成苍茫的芦苇，
月光下的每一束惨白，
都是断魂的瑶琴。
我从你坟前走过千年，
芦苇抽丝，拍打我的脸，
那是伯牙断了的琴弦，
很温润的疼。
你与伯牙走马的春秋，
指间足以瓦解阶级，
沟通所有的陌生与隔阂。
子期兄，我拿一整条江水敬你，
连绵的浩荡，

一曲知音落地生根，
成为生命的绝唱。

# 比想象中倾斜了一点

神木，在陕北，
只比想象中倾斜了一点。

它朝西倾斜，
二郎庙把它垫高了一截，
落日的风吹疼了它的眼睛。

它朝北倾斜，
连绵的丘陵腹肌一样生长，
成为健壮的陕北大汉的炫耀。

它朝红碱淖倾斜，
沙漠长出的仰望天空的明眸，
还原成昭君的一滴泪。

它向煤倾斜，向煤的化工倾斜，
向空倾斜，向无倾斜，
向戛然而止倾斜。

有人要爱它了，

有女人为它的直立而倒卧，
四面八方的欢呼，奔涌而来。

在以后的某一天，
信天游翻开那一块黄土，
有神如木，在那里使劲地呼儿嗨。

# 邯郸的酒

邯郸的酒，
杯举一座城。
挟五千年燕赵雄风，
一仰脖，一口浩荡，
文是一个醉，
武是一个醉。


建安的七个老头，
与燕赵的七个小子，
以酒密谋。
他们身后的那些莞尔，
半壶小词，
一盅小米，
怀揣杀手的铜。


邯郸，
南来北往学步的人，
走得偏偏倒倒。
莫非这就是，
传说中的"踮屣"？

我保持了身体平衡，
谨记为老要尊。


漳河一杯酒，
卫河一杯酒，
都是郸酒买的单，
醉有应得。
在邯郸不能不醉，
我的醉，是酒瓶里的梨，
生长缠绵与悱恻……

# 学步桥遇庄子

古燕国那个少年，
在学步桥边生硬的比画，
滑稽了邯郸学步。
我的一个踉跄，
跌了眼镜。
庄子被破碎的镜片扎疼，
挤进人堆里，
与我撞个满怀。
抓住他冰凉的手，
他的挣扎酷似那个造型，
脸上的无奈与羞愧，
比雾霾阴沉。
少年学步，
无关成与不成，
只可惜优美的邯郸步姿，
死于刀斧。
想象的翅膀折了，
落叶满地叹息，不如
留下空白，
还老夫一点颜面。

# 做梦的卢生

那个卢生，
就不该碰上吕洞宾。
爱情潦倒就潦倒，
偏要一枕黄粱，
洞房花烛，金榜题名，
得意而忘形。
那个磁枕就是神仙的套，
浮生一世，
半碗小米下锅，
还原的真相，
比淘米剩下的水更混浊。
粥还没熬熟，
梦醒了，落下笑柄。
床榻上的庄生，
假寐在那里，
我真想上前拉他起来，
给两巴掌，打脸上。
然后，灭了那些非分，
喝自己的小米粥，
过自己的日子。

# 海寿岛上

西江淡水喂养的岛，
海一样高寿。我从水上走来，
这样唯一可能触摸到她的年轮。
摆渡的甲板上，没有鳃的呼吸有水的荡漾，
珠江与南海都一饮而尽。

我在岛上就是一尾鱼，
游弋在绿荫之中。另一群鱼在岛上，
妄议有一种蓝叫海之蓝，
听懂这些鱼的谜语，一剑封喉，
再年轻的海，也不敢继续蓝了。

岛上的水文刻度就是海的生辰，
海在隔壁。种一棵树种几行诗给海，
不虚此行。我最后一行结尾在路边，
那个满头灰白的老太太，
脸上沟壑交错，一看就在深水区。

# 树上的菠萝蜜

菠萝蜜的蜜，一种看不见的香，
挤进风的身体，风过，嘴上生津。
不敢节外生枝的菠萝蜜，在树的主干上，
长成庞然大物。
岛上有同名同姓的我，
和另一个梁平在树下合影，
两颗巨大的菠萝蜜，
在我们头顶像商家的标记，
模样有了喜感，我可能就是这里的
原住民。

# 马背上的哈萨克少年

躺在草坡上，
把自己摆成一个大字，
大到看不见牛羊、飞鸟，
只有漫无边际的蓝，
与我匹配。
天上没有云，
干干净净的蓝，
我忘乎了所以。

几匹快马疾驰而来，
围着我撒欢。
草皮在吱吱地伴奏，
我闻到阳光烘烤的草的香，
酥软了每个骨节。
铁青色的马，
马上哈萨克少年，
铁青色的脸，
都出自于天空的蓝。

马背上的年龄，

是我幼年，在幼儿园大班。
剽悍、威武的坐骑，
比旋转的木马还驯服。
他们要带我去兜风，
风卷起衣衫，遮住了脸。
一束逆光打来，
我从马的胯下溜走，
没说声再见。

# 树化石秘籍

准葛尔戈壁的侏罗纪，
记事在石头上。
那株亿万年前的乔木，
硅化了，经络刻写的年轮，
不能涂改和演变，
有鹰眼的指认，
我手里石头的基因，
一目了然。

石头的斑驳里，
我查看它的家谱。
一棵树把自己的身体放倒，
与时光交媾，
每个纪元都朝气蓬勃。
上了年纪的沙漠，
守护了一滴水，一次浇筑，
那些树皮与骨骼包了浆，
弹跳到了地表，
油浸、光滑的肌肤，
坚硬如铁。

硅化了的木，
听得见呼吸的澎湃；
树化了的石，
看得见生命的色彩。
它们是奇台地道的原著，
有自己的姓氏和名字，
我带回的那块石头叫茉莉娅，
夜夜歌声婉转。

# 江布拉克的错觉

小麦，小麦，
波涛如此汹涌。
姑娘的镜头留下我背影，
在江布拉克。
我不是那个守望者，
这里没有田，
那望不到边的是海。
海结晶为馕，
行走千里戈壁的馕，
因为这海的浩瀚，
怀揣了天下。

我在天山北麓的奇台，
撞见了赫拉克利特。
古希腊老头倒一杯水，
从坡底流向顶端，
他说："向上的路和向下的路，
都是同一条路。"
我的车在这条路上空挡，
向上滑行、加速，

一朵云被我一把拽下，
在天堂与人间。

天山山脉横卧天边，
一条洁白的浴巾招摇，
我在山下走了三天三夜，
也没有披挂在身。
走不完的大漠，
恍惚还在原地。
刚出浴的她，似睡非睡，
依然媚态。

# 邂逅一只高跟鞋

八朝帝王，
抬举的开封，
把曾经的江山落了轿，
一只高跟鞋挑开布帘，
跨进我的年代。

我没有值钱的砖瓦，
没有上了年纪的祥符调，
没有马匹可以把她掳上马背，
做我的压寨。

岳王庙比我的想象潦草，
跪在秦桧身边的那女人，
身子被指责戳破，
一朵败菊在高跟鞋过后，
盖在伤口上。

还原的《清明上河图》，
高跟在石板上踩踏，
还不到原来。

宋河粮液开了封
一条大河汹涌，
杯盏里注释的汴京，
都是53度的现代汉语，
我的四川，
她的河南。

# 朱仙镇的菊

云朵一样的轻，
乘坐第三张机票，
飘落在朱仙镇血红的年画上。

我虽有诗书，
却一介草莽，
被年画上的油墨，
排挤在街头。

我在街头看见了菊，
亭亭玉立的菊，
活色生香的菊，
铺天盖地的菊，
把我包围。

最肥的那一朵皇后，
咄咄逼人，
她该是哪个帝王的生母？
我想脱身而出，
找不到缝隙。

刀枪早已入库，
身上的盔甲长出花瓣。
此刻我明白，
我在朱仙镇入赘了，
以后，记得来开封看我。

# 水手箴言

没有理由无视创伤，
水坚硬无比，惊痛由远而近。
我试图麻木，
却无法忍受浪的拍击，
无法从水中突围，
而保持奔涌的姿势。
整整一条江都在哭诉，
一夜之间，船长老态龙钟。

从开始就不再独立，
不可能随意起航，
随意抛锚。
那么多刻骨铭心的航标灯，
那么多水上历险，
绝非旗语可以了结。
在另外的江上另外的航行中，
猛然忆起，
打捞的只是自己。

怎样识别暗礁，

怎样的方式走完航程，
绝不是船长一个人的事。
每一条河，
都有沸腾自己的河床。
每一个水手，
都有自己遇难的水路。

# 梁　祝

梁山伯，
与女扮男装的祝英台，
十八里相送之后，化了蝶。
他们两人的那点事儿，
从坊间的流言蜚语，
落笔成白纸黑字，
不是也是了。

东晋当过县令的本家，
鄞州史料上治理过姚江，
积劳成疾而终。
青春期与英台有点暧昧，
而且不知道她是女人，
即使同床共枕，
也算是清清白白。

还真没有床笫之事，
兄弟与兄弟，
比男人与女人之间，
更有一种情怀，牢不可破。

我的本家最早与英台，
就是兄弟，
英台的那点心思，
兄弟没有读懂。

所以我叫山伯兄弟。
也想叫英台是我嫂子，
或者弟妹，
其实真的不是。
在宁波的鄞州，都说是，
说得和真的一样。

山伯的古墓遗址，
碧草还是青青，
花也在开，妖娆。
飘飞的衣袂隐约、孤零，
没有成双成对。
过眼一只蝶，老态龙钟，
已经扇不动翅膀。

# 第二册　蜀的胎记

# 说文解字：蜀

从殷商一大堆甲骨文里，
找到了"蜀"。
东汉的许慎说它是蚕，
一个奇怪的造型。额头上，
横放了一条加长的眼眶。
蚕，从虫，
弯曲的身子，
在甲骨文的书写中，
与蛇、龙相似。
面面相觑，
又让人想起出入山林的虎。
所以蜀不是雕虫，
与三星堆出土的文物里，
那些人面虎鼻造像，
长长的眼睛突出眼眶之外的
纵目面具有关，
那是我家族的印记。

# 汉代画像砖

汉代留在砖上的舞乐百戏，
具体成宴饮，
具体成琴笙歌舞。
每块砖都有了醉意，
微醺之中，
摇摆旧时的世间百态。

三个官场上的男人，
打坐杯盏之间，
头上的官帽也有些醉了，
醉看三个妖艳的长袖，
舞弄靡靡之音。
原来这景象由来已久，
原来，如此。

另外三个像是真的抒情，
抚琴的搔首弄姿，
流淌高山流水；
吹笙的秋波荡漾，
放逐意乱情迷。

随风、随水飘荡的轻歌曼舞，
心猿意马。

以这样的方式定格在砖上，
那个久远的年代。
或歌、或泣，
或由此而生的更多感受，
都是后人的权利。
风化的是图像，
风化不了的是胎记。

# 青铜·蝉形带钩

曾经在野地里疯舞的蝉，
最后的飞翔凝固在战国的青铜上，
成为武士腰间的装饰。
束腰的带加一只蝉做的扣，
队伍便有了蝉的浩荡，
所向披靡。

张翼、闭翼，
蝉鸣压哑了进军的鼓角，
翅膀扑打的风声，如雷。
旗帜招展，将军立马横刀，
即使面对枪林箭雨，
城池巍峨，固若金汤。

一只蝉与那枚十方王的印章，
没有贵贱、没有君臣之分。
大王腰间蝉翼的轰鸣，
也有光芒。
蝉在盆底的咏叹，已经千古。

蝉形带钩的青铜，
比其他青铜更容易怀想，
更容易确定自己的身份。
如果带钩上见了血，那只蝉，
就不再飞翔。那一定是，
生命的最后一滴。

# 黄龙溪

溪是千年的溪了，
千古就有绝唱。
清是一阕，澈是一阕，
比那些记事的结绳更加明了。
末代蜀王最后的马嘶，
以及剑影刀光，
遗落在水面上的寒，
痛至切肤。

后花园的恬淡与闲适，
绝不是那几杯茶可以匹配。
茶针在透明的玻璃杯里，上下挣扎，
最后瘫散成一片。
这是细节，我无力更改，
只能一饮而尽。

黄龙似是而非，
从《水经注》游来。
那只沉入水底的龙形鼎，
把水分成双流。一流返古，

返回历史的褶皱与花边。一流向远，
水面漂浮的未知的词牌，
打捞上岸，
轻吟浅唱都是天籁。

# 米 易

米易就是一粒米，
在中国、在天府、在攀西，
米不是微尘、不是霾。
一千年阳光包了浆的米，
一千年月光包了浆的米，
圆润的米，
剔透的米，
可以翻江倒海的抒情，
地久天长的厮守，
南来北往的飞翔，
在这里落脚、筑巢、繁衍，
生长悱恻与阳刚。

方圆两千里江山，
披挂蓝天白云、水墨丹青。
一个县只有两个机场，
左边有太阳起落，
右边有月亮升降。
安宁河的俯卧，
一条远古神性的龙，

吐一颗夜明珠。
再没有任何一个地方，
比这里的星星更亮。

一方水土，
别样的滋养，
吸口气干净了五脏六腑。
负氧离子游走的猫步，
神不知鬼不觉，
填满每一寸有呼吸的角落。
裂谷的喀斯特溶穴打开，
一粒米的芬芳，
不能复制。在这里恋爱，
一次就是一生，够了。

# 成都话

听成都人说话要有耐心，
软软的成都话让你急不起来。
即使一个男人，
与另一个男人争吵，
怒目相向，毒狠狠的场面，
撒一地粉言粉语。

成都的汤圆叫粉子，
成都的女孩叫粉子，
早餐店听得最多的是"来碗粉"。
生活在粉里的那种安逸，
不见得是坏事，
只是骨头别粉了。

男播音员的成都话的确过分，
比女孩的粉还要粉。
我经常在车里和他遭遇，
总要使劲拍打音箱，
抖一些粉落下来，
实在受不了了，关掉音响。

城里的汽车不让鸣笛了，
其实喇叭可能还是一种调剂。
我因此时常违规鸣笛，
寻找平衡。
时间长了，或者说，
也听出些日子的另情。

# 红星路二段 85 号

门口的路改成八车道，
诗歌只能从背后绕道而来，
破坏了原来的分行。

原来的长句在楼梯上打折，
抒情不受影响，短短长长，
意象行走在纸上。

看得见天上的三颗星星，
一颗是青春，一颗是爱情，
还有一颗，是诗歌。

这地方使人想起某个车站，
有人离开，又有很多人走来，
那张车票可以受用一生。

从布后街2号开始，
诗的庙堂，从来都没有安放座次，
门牌换了，诗歌还健在。

# 白马秘籍

白马没了踪影，
一只白色的公鸡，站在屋顶，
高过所有的山。尾羽飘落，
斜插在荷叶样的帽檐上，羽毛、羊绒
的轻，没卸下身份的重。
白马藏，与藏、羌把酒，
与任何一个"少数"和睦，
与汉手足，在远山远水的平武，
承袭上古氏的血脉，
称自己为贝。

世外的遥远在咫尺，
一个族群悄无声息的澎湃。
王朗山下的篝火、踢踏的曹盖，
在一只巨大的铞壶里煮沸。
大脚裤旋风扫过荞麦地，
一个来回就有了章节。
黑色的绑腿与飞禽走兽拜把子，
一坛咂酒撂倒了刀枪。
封存上千年的原始，
白马的姓氏，

已经不重要了。


白马寨，一面绷紧的鼓，

白马人的声带，一根细长的弦，

鼓与弦的白马组合，

一嗓子喊成音阶上的天籁。

流走的云，

都是自由出入的路。

吊脚楼、土墙板房里的鼾声，

有了天南地北的方言。

早起的白马姑娘，

一颦一笑，疑似混血的惊艳，

花瓣收敛，月光落荒而逃。

# 龙居古银杏

银杏树千年的婉约，
因半阕宫词残留，
而凄凄惨惨、悲悲切切。
花蕊夫人亲手植下的情愫，
随蜀王旗的降落，
飘散如烟。

后宫的闲适不再，
王妃的高贵被囚车带去北上，
银杏幸存下来，
幸存了西蜀远去的风姿。
历经唐朝五代十国的没落，
贤妃的花间明艳，
把两代蜀君的威仪，
淹没在辞藻里。

花蕊夫人，
无论徐氏费氏，
后宫抖落的脂粉百世流芳。
站在风头上的银杏，

穿越了连绵不断的战火，
和那些花间词一起，
有水的滋润。

一千年了，
依然郁郁葱葱。
龙居寺的晨钟暮鼓，
敲打古银杏的根须、枝蔓，
就像是舒经活血。
阳光流淌，覆盖了整个身体，
龙居山有了龙脉。

一地芙蓉含笑，
半山梅兰邀宠，
隐约都是花蕊的影子。

# 雍齿侯

《史记》有云，
背叛过刘邦的雍齿侯，
在刘邦称帝以后，
加封为什邡大吏。
朝廷上下，
无不刮目相看。

刘邦内心里的雍齿，
只有在夜深人静的时候，
从自己的咬牙切齿中慢慢辨认。
雍齿内心里的刘邦，
也不会因为一顶乌纱，
而改变。

以后的雍齿，
从正史上消失了，
比其他受封的文武百官，
多了些寂寥与清冷。
八百里疆土，因为冷寂，
风调雨顺，草长莺飞。

不是所有的干戈，
都能化为玉帛。
横放在天地之间的一杆秤，
称出刘邦用人的重量，
称出雍齿为官的重量，
一次册封，
一面斑驳的铜镜。

# 吊卫元嵩墓

一个僧人，
上书周武帝删寺减僧，
疯癫癫折腾了整个南北朝，
没有时间测算自己。
那顶"惠应希微真人"的桂冠，
连同自己血肉身躯和思想，
淹没在雍城的深处。

"西川佛都"最隐秘的地方，
雍城接纳了一个反叛。
崇佛、从道，一夜之间，
不事佛道、唯孝周祖，
——"国治岂在浮图"，
佯狂浪荡的高人。

装疯卖傻的外衣，
掀开精明的阴阳历算，
通晓佛儒道三教典籍。
那是曲高和寡的演出服，
胸中积学的保护伞，

一介贫僧，满腹经纶。

从朝廷上下呼风唤雨，
到街巷妄议国事。
那人暮年走失在风雨中，
非官非民，
非佛非儒非道，
一粒微尘，悄无声息。

# 西川佛都

朱元璋坐在大明的龙椅上，
钦点"西川佛都"。
与唐时的罗汉寺有关，
与禅宗八代祖师马道一有关。
晨钟暮鼓滋润的什邡，
古柏立地成佛，
八百六十四平方公里，
都是净土。

殿堂上五百罗汉，
历经一千年的修炼。
笑对世间红尘，
凡事付之一笑；
容纳大地天空，
于人何所不容。
额头上的阳光，
在袈裟里鼓舞春风。

历经火的浩劫，
红墙、楼阁与飞檐，

毫发未损，
无边无际地生长。
这是得道的深度，
芸芸众生里剃度的马道一，
以生命轮回制造神话，
成为禅宗的仰望。

# 瓦子庵的张师古

徐家场瓦子庵晾晒的布衣，
是这里农民所有的行头。
布衣没走出八百里家园，
庇护清瘦的羹髯.
抚弄出一卷《三农经》，
与鸟兽共其作息
与草木共其春秋。

清的江山比其他明代，
更需要土地滋养。
瓦子庵的张师古不知道，
也不知道有个贾思勰，
和自己一样埋头农事。
农人想的是土地上的庄稼，
一点心得罢了。

乾隆皇帝也穿过布衣，
那是微服私访。
这里离朝廷太远，
衙门不惊动瓦子庵，

没有俸禄，

没有花翎，

却有了张师古的农学。


《齐民要术》与《三农经》，

难分伯仲。

两人身份天上地下，

唯有土地不理会这些。

种豆想的是得好豆，

种瓜想的是得好瓜，

瓦子庵，被我一首诗记住。

# 儒家学宫

雍城青石路通向北宋，
儒学在这里落地。
儒家学宫距锦城百里之外，
秀才趋之若鹜。
八方文墨，或点或染，
浸润了名不见经传的小城。

小城有了大学问。
即使曲阜的孔子有灵，
也难以相信这样的景象。
水流向远、向一种辽阔，
河岸上奔走的风，
浩荡无痕，大音希声。

明末那场飘摇的风雨，
掀开屋顶上的瓦砾，
砸得地面生疼、生出扼腕长叹。
学宫坍塌的狼藉里，
线装《论语》一页页脱落，
呼呼作响，四处飘散。

天空到处是雨做的云，
一碰就会变成泪，倾盆。
青石路病卧在地上，
石头与石头之间长满杂草，
土地开裂，不能发出声音，
所有的路指向不明。

康熙在折子里看见了，
皇恩浩荡，装订失散的《论语》，
儒家学宫的每一片新瓦，
都是书香浸泡，
大街小巷都有了芬芳。

# 李冰陵

李冰最后的脚步，
在这里，一部巨大的乐章，
休止了。
这是和大禹一样，
因水而生动的人，绝唱，
成为生命归宿的抒情。
长袖洛水，是他最温润的女人，
与他相拥而眠。

官靴上的泥土很厚，
尽管水路从来不留痕迹。
他在自己杰作的落笔处，
选择放松，回味逝去的烟雨，
乌纱、朝服闲置在衙门了，
秦砖汉瓦搭建的纪念，
只有水润的消息。

牌坊、石像、颂德坛，
影印在李公湖清澈的波光中，
都不及他在岷江上的拦腰一截。

游人如织，织一种缅怀，
织出涛声做都江堰的背景。
尘封的记忆深埋在水，
所有动静，都脉脉含情。

# 慧剑寺

什邡让远在长安的朝廷惦记，
缘于道德的高深。一个僧人，
很西方的名字土生土长，
长成大树：波仑，
在玄宗李隆基的梦里作俑，
雍城几次上了早朝。

被召见的波仑神了，
御赐的金剑宝禅在手，
无所不能。祥意灵魂出窍，
在头顶划一道弧，
插入寺庙门前那口深井。

剑光所指，日月谦虚了许多，
智慧覆盖八百里家园。
山有了灵气，水有了灵气，
万物在灵气里出类拔萃，
没有谁可以阻挡。

慧剑寺名扬千里之外，

飞来的传说，
镇妖魔鬼怪歪门邪道。
所有雕虫小技都将逃遁，
千年以后，
依然栩栩生辉。

# 高　桥

一座桥，与高景关遥遥相望，
镇守鍪华山寺门前飘飞的香雪，
五百年。

建桥御使以一夫当关之势，
扼住古道咽喉。万历年间的钦命，
加冕了高桥的贵族身份。

横跨的铁索封存了记忆，
高桥要塞，从来不近战事，
倒是香火愈烧愈旺。

桥上过往的凡夫俗子，
拜天拜地，朝拜四十八堂，
晨昏只是一闪念。

白云山的白云比雪更白，
披挂在高桥，模糊了身份，
银装素裹，分外妖娆。

那里的清新恍若隔世，

一个来回，就干净了自己的身子。

翰林的文墨落地生根，

从桥上下来，皆是大雅。

# 富兴堂书庄

堆积在檀香木雕版凹处的墨香，
印刷过宋时的月光，没名号的作坊，
在光绪年间成了富兴堂。

书庄额头上的金字招牌，
富一方水土，富马褂长衫，
西蜀行走的脚步，有了新鲜的记载。

以至于很远很远的地方，
可以看见，印刷体的雍城，
烟火人间的生动日子。

蜀中盆地的市井传说，
节气演变、寺庙里的晨钟暮鼓，
告别了人云亦云。

毕昇复制的春夏秋冬，
在富兴堂檀木雕版上解密，
古城兴衰与沧桑，落在白纸黑字上。

# 高景关

高景关站在龙门山的古瀑口，
洛水泛滥，人或为鱼鳖，
蜀都郡守脱掉了沉重的官靴。

涉水而下，把都江堰的奇迹，
在这里写完最后一笔。

高景关在千仞之上，
抚摸洛水如髯，如绸如缎。

有一支小曲没日没夜地弹奏，
稻香鱼肥，炊烟点染田园。

朱李火堰的火在地心燃烧，
再也不会熄灭。

高景关还是高景关，
只是笑容和蔼、慈祥了许多，
一脸山清水秀。

# 禅宗祖师·马道一


两路口编簸箕的那户人家，
落地的男孩，落至唐朝的什邡。
天气突然放晴了。
父亲翻飞竹篾的好手艺，
比这个男孩的落地，更加著名。


围着竹篾转了二十年的男孩，
一梦醒来跳出簸箕，
在不远处的罗汉寺削发为僧。
所有人瞪大了眼睛，家园近在咫尺，
父母离他渐远。


寺庙里多了坐禅的马道一，
晚成的大器，坐出北宗渐悟的真谛。
从罗汉寺辗转佛门披裟剃度，
受戒于高僧圆律，
晨钟暮鼓之中，定若磐石。


南宗寻找自悟衣钵的传人，
摈弃了门派芥蒂，禅宗心得，

因一路向南的马道一而辽远、深邃。
一阕北宗千里拜师南宗的佳话，
让卑微的一介草民，立地成佛。

南北两宗从梁朝的隧道进入中国，
两脉合流、交融于马道一。
怀让大师合十的双手打开佛门，
接纳了远道而来闭门坐禅的弟子，
点拨竟是一块砖头。

师父要弟子磨成镜子的砖头，
已经打开心智，可以汪洋。
渐悟与自悟的真传，一块砖头可以
静心。行住坐卧皆可成佛，
禅宗一统佛界，站在高处。

# 万年台子

原木穿逗结构搭建的乐楼，
无法考证缘起的年代，
其实没有一万年。
台上的形形色色很近，
水袖舞弄历朝的帝王将相，
看过一千遍。

人们伸长了脖子，
迎接一次虚拟的圣驾，
再带回到梦里，慢慢咀嚼。
万年台子的泛滥，
像春天雨后冒出来的蘑菇，
没有不生根的地方。

神庙、会馆，甚至富家大院，
也要吊一个台子在阁楼。
生丧嫁娶，奠基乔墙，
只要锣鼓哐当一响，
生旦净末丑鱼贯而出，
粉墨登场。

川剧在万年台子上，

笼罩了岁月绵长的沧桑，

台下都是一种仰望。

幕后的帮腔一嗓子喊过村外，

村头的槐树醒了，狗挤进人堆，

与主人一起回味以往。

# 皮灯影戏

羊皮、牛皮或者厚纸板，
削薄，削成穿越时光的透明。
灯光从背后打来，三五件道具，
一个人转换角色。
十指翻动春夏秋冬，
在皮制的银幕上剪影，
剪成一出川戏。

一壶老酒醉了黄昏，
皮灯前攒动男女老少，
从长衫沿袭到时尚的T恤，
都好这口，很过瘾，
比起那些堂皇的影院，
多了些说不清道不明的
怀旧。

幕前与幕后，
跟着剧情疯跑，
南征北战，喜怒哀乐。
皮灯影戏的剧团，

导演和演员一个人，
剧务还是这个人。

上演千军万马，
轰轰烈烈，气吞万里如虎。
也有煽情的儿女情长，
悲悲切切，千结难解。
收场锣鼓一响，影子露出真相，
也是明星，前呼后拥。

# 红白场

从嘉庆七年皇宫的城墙上剥落，
太阳的外套、天齐公的内衣，
晾晒在山岭挟持的街头。

一边是红墙，
祭拜太阳神鲜红的福祉；
一边是白墙，
祈求天齐公清白的风水。

两条河水交汇也不分彼此，
却很少有人知道哪一条姓红，
哪一条姓白。

石亭江渔船走了千年的水路，
一架篾篷飘飞的炊烟，
鱼汤里熬煮红白豆腐。

通溪河少女的纱幔款款而至，
舀一桶河水煮壶红白茶，
上年纪的人喝了也快步如飞。

两场合并，两条江水的合流，
自然、和谐，在自然和谐之中，
土地和庄稼联袂上演丰收的喜悦。


红与白，一个奇怪的地名，
与民间的红白喜事无关，
一种心象，可生万物，可及浩渺。

# 原始草地

这是盆地里的奇迹，
静卧在什邡的高原草甸区，
以三十万顷的辽阔，神秘了国家地理，
神秘了远离高山的川西平原。

一切都是原始状态，
繁衍的浅草，未解的谜，
那里居住的神秘的"三家寨"，
无法辨别真伪。

三十万顷草原的三家主人，
一个传说。从来就没有人出来，
即使进去的探险家，
也只能仰天长叹。知难而返。

这不是一马平川的草原，
风吹草低的时候。见不到牛羊，
见不到路的模样，
见不到人间烟火、鸟的飞翔。

生命与生命不打照面，
蛮荒、诱惑、险象、刺激都在等待，
等待一种不期而遇的面临，
等待一条路的生长。

# 螯华山

深不可测，不只是有大禹遗迹，
不只是日照、云海、佛光，以及
若隐若现的海市蜃楼。
一缕风过，几句鸟语，
也藏天机……

褶皱的远古，在岩石上飞针走线，
把螯华山缝制成一部线装书。
大自然的博物馆，发黄的落叶画卷，
奇花、异树和珍禽的舞蹈，应有尽有，
溶洞里悬挂的都是秘密。

不是所有的高度才有险峰，
起步落脚，穿越五千年文明的悠远。
原始森林里的惊险和奇遇，
或许就在一不留神间，
把自己带了进去。

鬼斧神工的仙境，在人间，
一次深呼吸把自己变成艺术品。

所有已知和未知，崟华山包罗万象，

脚下一步路，叩问几千年，

有谁能够一眼望穿？

# 欢乐谷

青牛沱上的青牛站成了石头，
石头与石头之间，
流放欢乐。

一座横跨河水的栈道，
牵连了两山，
牵连所有不能靠近的情感。

男人在水的缠绕中，
更加男人，石头一样坚硬的身子，
可以顶天立地。

女人溶解在水里，
更加女人，水一样柔软的身子，
能够包围世界。

这就是欢乐的理由，
没有比欢乐更幸福的事了，
把自己放松沉入谷底，一起欢乐。

# 西蜀香茗

青毛茶的朦胧，
在杨村海拔千米，与湿润的云，
缠绕白绒绒的传奇，
复制雍城远古的意境。

马蹄声碎，蜿蜒的青石路旁，
茶针遗落在小溪里，叶片舒展，
绿了所有流过这里的水，
顺手一捧，喝得满嘴生津。

从杨村扬长而去的石亭江，
是青毛茶泡酽了的香茗，
一脉绵长的江水，
秘制悠远的清新。

采茶姑娘指尖上的舞蹈，
在清明艾子飘香的季节，
追赶满山的茶歌，
歌声落地，一壶香茗醉了。

# 竹溪烟雨

小南湖咿呀的桨声挂在竹梢上，
一转眼变成一颗晶莹。
九曲盘溪的烟波，
点染万竿直立的修竹，
好一幅水墨。

竹离不开水润，
水可以站立成竹。
分不清是溪水炫耀了竹，
还是竹炫耀了溪水，
竹溪很中国地静卧在川西。

石拱桥上一把花伞，
在满眼的翠绿里格外抢眼。
细雨梳洗的竹溪，
为她披上白色的婚纱，
伞下的腰身平添了几分迷离。

烟雨中的竹溪，
出自唐诗或者宋词缠绵的意境。

烟和雨，一对孪生姊妹，
潜入竹溪深处，每一天都邀约相聚，
倾听拔节的声音。

# 鉴园碑林

鉴园是留春苑留下的一抹春色，
与身边睡莲的一抹娇羞，
堪称天然绝配，
相得益彰。

落笔鉴园里的墨迹，
以一种穿透纸背的力量，
敲打石头成碑。
书家的碑刻，
把时间挽留。

碑刻上的雄风从盆地向外，
翻过秦岭，飞跃长江，
向海，发出猛烈的呼啸。
与雄风一同在碑刻上的婉约，
以柔情和细腻，
温润了泥土，并且蔓延和覆盖，
比土地更遥远的天边。

楷就楷得规矩，

草就草出满天狂飙。
书家的心迹在这里落户，
就像睡莲在这里开出的花朵，
栽种在人的心上。

睡莲在人们醒来的时候睡了，
光芒藏在碑刻的后面，
裁剪梦的衣裳。
碑刻上的字一直醒着，
吮吸天空的每一滴春雨，
出落得格外生动。

# 商周遗址

不是所有的土地都有遗址，
遗址让这块土有了厚度。
长条形的遗址前，
什邡与三星堆的血缘，
不只是陶片所指、鸭子河的血脉，
以及形如孪生的芦苇，
和摇曳的舟楫。

河的那边，
三星堆的光芒覆盖了所有。
而同样的光芒，以及光芒普照的先民，
在河岸上粗野地吆喝古调，
女人在吆喝中滑入水里，
原生态的月亮，以最初的妩媚，
滋养了这里的男人。

在后来的战争中，独立成国，
遗址留下最辉煌的指认。
距商周几千年以后，
遗址上的马井镇依然生长粮食，

油菜和新鲜的花朵，
生长已经远去的
生命的记忆。

# 战国船棺

把对死者的悼念放进独木舟，
是对水的崇拜和信赖。
水可以洗涤灵魂，
把生命送回最初的地方。
水上的船行驶上岸，在陆地生根，
世界以中国为最，中国以四川为最，
古代墓葬选择这样的形式，
在成都以北，选择了什邡。

船棺黑褐色的睡眠里，
春秋的日月挂在章山的额头。
农耕、纺织、狩猎的背影，依稀可辨。
西汉的风雨掠过洛水的晨昏，
渔歌、桨声、狗吠的合唱，如此动听。
一种睡眠里的醒。
一种死亡里的生。

一百座墓葬，
一百万平方米祭奠的历史。
长眠在船棺旦的深呼吸，千年以后，

与这里的土地，
与土地上所有的心跳，
同在，同一个频率，
没有人能够拒绝这样的宁静。

# 什邡秦砖

秦时的月或明或暗覆盖了黑土，
黑土与月光胶合。一块砖，
成为远去历史留下的物证，
一个悠长的感叹。

秦砖已经不能说话，
秦砖的沉默，以一种巨大的震撼，
传递给古什邡人的后裔，
那是祖先，在自己的土地上，
制造的坚硬和强悍。

岁月可以剥蚀的是衣裳，
骨头是不能风化的，
品质是不能风化的，
一万年以后，即使每块砖零落成泥，
骄傲还在。

# 燕鲁公所

古代的河北与山东，
那些飘飞马褂长辫的朝野，
行走至成都，落脚，
在这三进式样的老院子。
门庭谦虚谨慎，青砖和木椽之间，
嵌入商贾与官差的马蹄声，连绵、悠远，
像一张经久不衰的老唱片，
回放在百米长的小街，
红了百年。

朝廷怎么青睐了这个会馆，
没有记载。两省有脸面的人，
来这里就是回家，就是
现在像蘑菇一样生长的地方办事处，
在不是自己的地盘上买个地盘，
行走方便，买卖方便。
后来成都乡试的考官，
那些皇帝派下来的钦差也不去衙门，
在这里，深居简出。

砖的棱、钩心斗角的屋檐，

挑破了大盆地里的雾。时间久了，

京城下巡三品以上的官靴，

都回踩这里的三道门槛。

燕鲁会馆变成了公所，

司职于妾风、践行、联络情感的公务，

低调、含蓄、遮人耳目。

至于燕鲁没戴几片花翎的人，

来了，也只能流离失所。


燕鲁公所除了留下名字，

什么都没有了，青灰色的砖和雕窗，

片甲不留。曾经隐秘的光鲜，

被地铁和地铁上八车道的霓虹，

挤进一条昏暗的小巷。

都市流行的喧嚣在这里拐了个弯，

面目全非的三间老屋里，

我在。在这里看书、写诗，

安静得可以独自澎湃。

# 惜字宫

造字的仓颉太久远了，
远到史以前，他发明文字，
几千枚汉字给自己留了两个字的姓名。
这两个字，从结绳到符号、画图，
最后到横竖撇捺的装卸，
我们知道了远古、上古，
知道了黄帝、尧舜禹，
知道了实实在在的
中华五千年。

惜字宫供奉仓颉，
这条街上，惜字如金。
写字的纸也不能丢，
在香炉上焚化成扶摇青烟，
送回五千年前的部落，
汉字一样星星点点散落的部落，
那个教先民识字的仓颉，
可以辨别真伪、验校规矩。
现在已经没有这些讲究，
这条街的前后左右，烟熏火燎，

只有小贩的叫卖声了。


越来越多的人不知道仓颉，
越来越多的人不识字。
与此最邻近的另一条街的门洞里，
堆积了一堆写字的人，
但写字的不如不写字的，
更不如算命的，两个指头一掐，
房子车子票子位子应有尽有，
满腹鸡零狗碎，
一脸道貌岸然。


那天仓颉回到这条街上，
对我说他造字的时候，
给马给驴都造了四条腿，尽管，
后来简化，简化了也明白。
而牛字只造了一条腿，
那是他一时疏忽。
我告诉他也不重要了，
牛有牛的气节，一条腿也能立地，
而现在的人即使两条腿，
却不能站直。

# 黉　门

始于隋的考官制，
上千年一条长辫被剪断，
清末也不见有清明。
一盆洗澡水倒掉，
没人在意盆里的婴儿是否倒掉。
满朝文武气数已尽，
大清江山可以剪断科举，
剪不断一团乱麻。


两湖的总督张之洞，
在远离京城的总督府彻夜难眠。
奏折五百里加急，
奏请朝廷修补刀剪的过错，
置"存古学堂"，以防国学衰废。
来不及等候朝廷的圣旨，
成都，南门外一座私家豪宅，
改换门庭，学子低吟高诵，
流进府河南河。


秀才才可以进入黉门，

尽管由豪门摇身演变，

也没有皇家学宫的身份。

那是武举人杨遇春，大清三朝名将，

杨家军黑旗上的赫赫战功，

赢得的皇赐别墅。

告老还乡的杨将军也知道，

江山文武缺一不可，

亲手洞开的黉门，书香弥漫，

之乎者也趋之如鹜。


环城的河流过一些年代，

那些线装的褶皱、发黄的章节，

在这条街上留下文墨的印记。

一个武举人的义举，

渐渐被人淡忘。

# 落虹桥

落虹的优雅与情色，
掩盖了鲜为人知的过往，
行色匆匆的布衣、贤达都有了幻觉。
街东口那道彩虹，落地以后，
混凝成坚硬的跨河水泥桥，
桥下的水从来没有流动过，
没有鱼、没有可以呼吸的水草，
没有花前与月下。

这条街很少有人叫它的名字，
总是含含糊糊。
指路的只说新华路往里拐，
庆云街附近，有新繁牛肉豆花，
有飘香的万州烤鱼。
长松寺公墓在成都最大的代办，
临街一个一米宽的铺面，
进出形形色色。

我曾在这条街上走动，
夜深人静，也曾从十五层楼上下来，

溜进色素沉着的一米宽木门。
那是长衫长辫穿行的年代，
华阳府行刑的刽子手，
赤裸上身满脸横肉的刀客，
在那里舞蹈，长辫咬在嘴里，
落地的是人头、寒光和血。

没有人与我对话，那些场景，
在街的尽头拼出三个鲜红的大字
——落魂桥。落虹与落魂，
几百年过去，一抹云烟，
有多少魂魄可以升起彩虹？
旧时的刑场与现在的那道窄门，
已经没有关系。进去的人，
都闭上了眼，只是他们，
未必都可以安详。

# 少城路

少城路在这个城市，
留下的不只是路。大清八旗子弟，
从北向南，千万里骑步烟尘，
在成都生成朝廷的威仪。
满蒙身上马奶子羊奶子的膻味，
层层脱落，已经所剩无几。
年羹尧提督指头轻轻一拨，
京城四合院与川西民居，
错落成别趣，筑一个城中城。

称作城，城是小了点，
怎么也有黄白红蓝皇室血统，
不能说小，得比小多那么一撇。
这里的少可以是少爷的少，
皇城少爷就区别了土著少爷。
还可以是多少的少，
京城之外数百座城池，唯有成都，
八旗驻防。

这是张献忠毁城弃市之后，

残垣颓壁上的成都满城。
金河水在水东门变幻色彩，
从半边桥奔向了绵长的锦江。
正黄、镶黄、正白为上，
镶白、正红、镶红为中，
正蓝、镶蓝为下。
黄北、白东、红西、蓝南，
四十二条兵街尊卑有序，
以胡同形制驻扎列阵。

毡房、帐篷、蒙古包遥远了，
满蒙马背上驮来的家眷，
落地生根。日久天长随了俗，
皇城根下的三，川剧园子的客，
与蜀的汉竹椅上品盖碗茶，
喝单碗酒，摆唇寒齿彻的龙门阵。
成都盆地里的平原，一口大锅，
煮刀光剑影、煮抒情缓慢，
一样的麻辣烫。

# 龙泉驿

那匹快马是一道闪电，
驿站灯火透彻，与日月同辉。
汉砖上的蹄印复制在唐的青石板路，
把一阕宋词踩踏成元曲，
散落在大明危乎的蜀道上。
龙泉与奉节那时的三千里，
只一个节拍，逗留官府与军机的节奏，
急促与舒缓、平铺与直叙。
清的末，驿路归隐山野，
马蹄声碎，远了，
桃花朵朵开成封面。

历经七朝千年的龙泉驿站，
吃皇粮的驿夫驿丁，
一生只走一条路，不得有闪失。
留守的足不能出户，
查验过往的官府勘合、军机火牌，
以轻重缓急置换坐骑，
再把留下的马瘦毛长的家伙，
喂得结结实实、精神抖擞。

至于哪个县令升任州官，
哪个城池被哪个拿下，
充耳不闻。


灵泉山上的灵泉，
一捧就洗净了杂念。当差就当差，
走卒就走卒，没有非分之想。
清粥小菜果腹，夜伴一火如豆，
即使没有勘合、火牌，
百姓过往家书、商贾的物流，
也丝丝入扣。
灵泉就是一脉山泉，
驿站一千年的气节与名声，
清冽荡涤污浊，显了灵，
还真是水不在深。


有龙则灵。灵泉在元明古人那里，
已经改叫龙泉，龙的抬头摆尾，
在这里都风调雨顺。
桃花泛滥，房前屋后风情万种，
每一张脸上都可以挂红。
后来诗歌长满了枝丫，
我这一首掉下来，零落成泥，
回到那条逝去的驿路。

# 纱帽街

纱帽上的花蚊子，

在民国的舞台招揽川戏锣鼓，

文武粉墨登场，后台一句帮腔，

落在这条街的石缝里。

老墙下的狗尾巴草探出身来，

模样有点像清朝的辫子，

每一针绒毛比日光坚硬，

目睹了这些纱帽从青到红，

从衙门里的阶级到戏文里的角色，

真真假假的冷暖。


大慈寺的袈裟依然清净，

晨钟暮鼓里的过客，

常有官轿落脚、皂靴着地，

老衲小僧从来都不正眼顶上的乌纱，

在他们眼里就是一赤条条。

一墙之隔的店家，热火与萧条，

进出都是一把辛酸。

官帽铺的官帽是赝品，

朝廷即使有命官在，

七品，也有京城快马的蹄印。


偶尔有三五顶复制，

也是年久花翎不更旧了陈色，

私下来这条街依样画符。

尺寸、顶珠、颜色与品相的严谨，

不能像现在那些坊间传闻，

可以拿银子的多少随便创意。

那官回了，面对铜镜左右前后，

听夫人丫鬟一阵叫好，

第二天光鲜坐镇衙门，

一声威武，多了些久违的面子。


清朝文武最后一顶纱帽摘除，

复活了这条街的帝王将相。

戏园子倒了嗓的角儿当上店铺老板，

一身行头一招一式，

三年不开张，开张管三年。

那些剧社、戏场、会馆茶楼，

那些舞台与堂会里的虚拟，

满腹经纶游戏的人生，

被收戏的锣鼓敲定。

纱帽街上的纱帽，被风吹远。

# 草的市

我就是你的爷。
那一根压死骆驼的草的遗言，
在旧时草垛之上成为经典，
草就成了正经八百的市。
过往的骡马，
在堆垛前蹬打几下蹄子，
草就是银子、布匹、肥皂和洋火，
留在了这条街上。
然后一骑浩荡，
能够再走三百里。

草市街只有草，
是不是压死过骆驼并不重要，
草本身与交易无关，
都是人的所为。
至于沾花的偏要惹草，
草很委屈，即使有例外，
也不能算草率。
驴与马可以杂交，
草不可以，

草的根长出的还是草。

在根的血统上，
忠贞不贰。灯红酒绿里，
草扎成绳索，勒欲望，
勒自己的非分。草的上流，
草的底层，似是而非，
在不温不火的成都，
一首诗，熬尽了黑天与白夜。
草市街楼房长得很快，
水泥长成森林，草已稀缺，
再也找不到一根，
可以救命。

# 藩　库

平原的成都混淆黎明与黄昏，
岷山上那颗孤星，遥远而苍凉，
落不下去。
城中心风火高墙垫高了二品乌纱，
布政使的四川在这条街上，
囤积钱粮布帛。财政的底细，
在朝廷那里只是个数字，
这里的库丁营帐也只管进出，
下放与递解押京，
流水一样滋养了天府太平。

四川话"打启发"的出处，
因为风火高墙的坍塌。
清末的颐和园摇摇欲坠，一片飞瓦
砸疼了扭曲的蜀道，
砸向东校场都督的阅兵典礼。
叛军哗变，口令就是"启发"，
刀刺挑落银号票号与钱庄，
挑散藩库里的银圆宝山，
七零八落。一把火，

惨白了天空。

那时候保路的英雄们，
还在集结民怨与外强的勒索挣扎。
那时候朝廷割地赔款，呛一口黑血，
屈辱开始有了疼痛。那时候，
这里的刀枪指错了地方。

多年以后，另一条路横贯南北，
把这条街拦腰斩断。
街上留下旧年的血痂，还在。
据说发横财的横尸街头，
幸免于难的暴病而终，
这是结局。这条不起眼的街上，
明火执仗与暗度陈仓，
都走不出自己的心惊肉跳。
现在街边埋伏一条隧道，
埋伏箴言：这里的银子有点烫。

# 交子街

世上最早的纸币，
在北宋行走成都的商贾怀里，
揣得有些忐忑、迟疑，
觉得撒手可以飘飞，摁不住，
不如金、银、铁钱的生硬，
掷地有声。
听响声是一种感觉，
数钞票，是另一种感觉。

中世纪的欧洲，
也没有觉察成都手指的触碰，
让古代的货币脱胎换骨。
一纸交子，从这条街上，
泛滥千年以后的陆地与海洋，
从黑白到彩色，
从数字到数字以外的民族记忆，
斑斓了。

纸做的交子，
原本是民间商铺代管铁钱的信用，

一纸凭证，信其真金白银，
用得顺风顺水。有点像
生米熟饭，不得不临盆的私生子。
益州知州张咏领养了这个孩子，
验明正身，规范、调教，
得以堂而皇之。

纸质的官方法定货币，
在成都流行于市。
这条街额头上的交子胎记，
衍生出大宋朝廷流通的"钱引"，
引出钞纸监管的"钞纸院"，
引出中央机构"钱引务"，
王祥孝感、跃鲤飞雀，
诸葛武侯、木牛流马，
纸币上的故事让理钞的手，
分得出轻薄与厚重。

这条街的名字被取消了，
那支城市规划的笔，
那捏笔的手就这么手起刀落，
落下的是自己的骂名。
交子街香消玉殒。但还在，
在东风大桥的一端，
那枚巨大的钱币雕塑墙上，

"交子"两字很小，
却睁着眼，看天上凌乱的云。

# 红照壁

我的前世，
文武百官里最低调的那位，
皇城根下内急，把朝拜藩王的仪式，
冲得心猿意马。照壁上赭色的漆泥，
水润以后格外鲜艳。
藩王喜红，那有质感的红，
丰富了乌纱下的表情，
南门御河上的金水桥，
以及桥前的空地都耀眼了。
照壁上的红，
再也没有改变颜色。

红照壁所有恭迎的阵势，
其实犯了规。这里的皇城，
充其量是仿制的赝品。
有皇室血统的藩三毕竟不是皇上，
皇城根的基石先天不足，
威仪就短了几分。
照壁上的红很真实，
甚至比血统厚重。

金戈铁马，改朝换代，

御河的水，流淌一千种姿势，

那红，还淋漓。


我的前世在文献里没有名字，

肯定不是被一笔勾销，

而是大隐。

前世的毛病遗传给我，

竟没有丝毫的羞耻和难堪。

我那并不猥琐的前世，

官服裹不住自由、酣畅与磅礴，

让我也复制过某种场景，

大快朵颐了。我看见满满的红，

红了天，红了地，

身体不由自主，蠢蠢欲动。


一垣照壁饱经了沧桑，

那些落停的轿，驻足的马，

那些战栗的花翎，逐一淡出，

片甲不留。

红照壁也灰飞烟灭，

被一条街的名字取代。

壁上的红，已根深蒂固，

孵化、游离、蔓延，

可以形而上、下，

无所不在。我的来生，
在我未知的地方不抱荆条，
等着写我。

# 九眼桥

第九只眼在明朝，
万历二十一年的四川布政使，
把自己的眼睛嵌进石头，
在两江交合最激越的段落，
看天上的云雨。
另外八只眼抬高了三尺，
在面西的合江亭上，
读古人送别的诗，
平平仄仄，挥之不去。

这都是改朝换代之后，
明末战乱死灰里的复活。
年轻的清的祖上，还在缅怀，
九眼桥过往的绯闻。
那些碎末花边，
不敌秦淮河的香艳，
没有后来的版本记录。
河床上摊开的意象，
又裹了谁的尸体？

一个喷嚏就到了现代，
遗风比遗精更加前仆后继。
岸上的书声翻墙出来，
灯红酒绿里穿行
跌落成不朽的闲言碎语。
八卦逍遥，一段过期的视频，
贴在桥头的人行道上，
一袭裙裾撩起的强烈暴动，
九只眼都闭上了。


薛涛在井边写过圭句，
也有了斑斑点点。
有些印记洗不干净了，
桥没有错，错是错的错。
有人说要来，害怕
误入九眼桥，被路边的男人，
祈求再来一次施暴。
我说只要不心怀鬼胎，
没人把你掳了去。


一座桥九只眼睛，
没有哪一只是真的闭上了，
一览无余。

# 走马街上

走马的街上，
马尾巴甩出的声响，
比那时的辫子还要招摇。
辫子没有阶级，
马屁股的肥硕与瘦削，
看得出花翎的尺码。
一拐弯就是都督衙门，
都得滚落下马，
官靴与马蹄经过的路面，
印记高低深浅，
都是奴相。

马已经不在街上行走，
这里的人成了群众，
有群为众。
他们在这条街上日晒雨淋，
手里捏着发票，
餐饮或者住宿都有，
以面值兑换现金，
折扣面议。

尽管很多人不搭理，
我相信这里有好生意。

拐弯就是现在的首府，
貌似井水不犯河水。
他们见不到里面的人，
里面的人也不会来联系他们，
汽车代替马，久远了。
他们没有骑过马，
也应该没有坐过像样的车。
如果眼睛发亮的时候，
一定是泊了豪车，
以及飘过来楚楚衣冠。

他们姓甚名谁不重要，
就是聚众的一群，
站桩的、流动的、搭伴的，
三三五五，三班连轴，
成为这条街上，
最谨慎、最活跃的一群，
成为冷风景。
那些发票都是真的，
那些交易也是真的，
那些他们记住的脸面，
不是真的。

# 爵版与脚板

百米长的青石路上，
以前的脚印没有这里的名片，
可靠。爵版与脚板，
四川话里没有区别。
所以在清朝，
那些文武官员印制过的名片，
姓名、籍贯、学历与官阶，
都是真实的脚印。
晋见、拜访、微服巡查，
出示就足以证明身份，
无须怀疑与甄别。

现在在老百姓那里，
叫脚板街了。脚下的印，
比花哨的名片更接近真相。
这里早已不印制名片了，
名片的名声已经堕落，
像戏子的戏文冠冕堂皇，
卖萌、装逼，含混了真假。
尽管明白的人一目了然，

却也行走江湖。
只不过身后留下的足迹，
横竖都有污点。

脚板街土是土了点，
过往的年轮刻成一张老的唱片。
来路与去向、旁门与左道，
落脚的深浅都能归类正邪，
——这条街尽收眼底。
真人不用名片，
名片上再多的花招，
也经不起风吹，画皮撕开，
找不到藏身的地方。
一个人走远了，就回来，
脚板街上，看自己的身世。

# 宽窄巷子

宽巷子不宽，

满蒙的马蹄销声匿迹，

没有一种遥想可以回到从前。

人满不为患，游人如织，

那些奢侈的悠然，接踵而至。

闲是一种另情，老墙根下，

一朵无名小花，孤独而任性。

我坐在小木凳上，闭上眼，

任凭挖耳师傅的摆弄，

满世界的嘈杂就这样被掏出来了，

耳根清净。

宽巷子天天密不透风，

眼花缭乱的任何一个动静，

都是风景。


窄巷子不窄，

装得下天南地北的方言，

留得住行色匆匆的脚步，慢下来。

我的黄皮肤白皮肤黑皮肤的兄弟，

我的蓝眼睛、灰褐色眼睛的姊妹，

擦肩而过就能合上节拍。
下午茶可以泡软阳光，
啤酒可以点燃黑夜，
伸手摘一颗天上的星星，
这里就是浩瀚的星河。
我在涅瓦河畔坐守过的白夜，
复制在这个巷子里多年了，
有一个叫诗歌的美女，
风韵犹存。

# 第三册　巴的血型

# 巴蔓子

东周。巴将军蔓子，
在这个城市成为亘古的骄傲，
城市徽章，依然美丽挂在他失血的胸前。

如果援军十万楚国将士的血，
已经兑换了这里的土地，
如果蔓子说过的话可以失言，或者
有一千个理由，
收回军帐前立下的承诺。

那么，将军的名字，
随那场战争的结束而结束了。
即使将军可以晋爵，蔓子可以加禄，
即使巴蔓子活着，
这个城市自然不会为他永远。

那场战争远了，现场依然清晰，
面对巴人国土和楚国将士庆功的杯盏，
在刚刚拭去敌人血迹的利剑上，
蔓子轻抹一朵微笑，

在自己昂扬的颈项上怒放。

——"吾以首级谢楚，
权当承诺的一半城池！"话落头落，
落地的声响压哑了长江的咆哮。
江上的风，
呜咽了几千年。

之后，楚以国礼厚葬了一颗头颅，
巴以国礼厚葬了一段身躯。
巴蔓子将军活着，
成为这个城市的灵魂。

# 丰 都

籍贯填写这两个字习惯了，
我不在那里生长。但我死后，
要回到那里，那里是天堂，
人最后归宿的地方。
他们是去，而我是回家，
老家的路，指向我的每根肋骨。

儿子和我长得一模一样，
祖籍填写丰都，也一模一样。
他第一次偷偷喝酒，
被初中老师逮了现行，
在去丰都郊游的客船上。
回家如实坦白，理直气壮。

爷爷的胡子长满坟头，
我从青草的摇曳中想象老人的样子。
相信有一天我回到老家，
在人群中能准确地指认，
就像他，在坟前石碑上对我的指认。

爷爷的墓碑上，

有我爸、我和我儿子的名字。

我对于这样方式的沿袭感到亲切，

爷爷就是我的丰都。

尽管，父亲很早很早，

就带我漂亮的母亲离开了那里。


所以我必然与丰都有关，

所以儿子也必然与丰都有关，

儿子还有儿子，他们都与丰都有关。

丰都是人的丰都，老百姓是人，

从四面八方来这里报到。


回家和外来的都取消了座次，

不像八宝山程序烦琐、等级森严，

不会为夜半的敲门担惊受怕。

每天听蛙鸣和鸟唱，每天都有，

上辈子的冤家，在冥冥中拜堂。

# 剪　纸

未曾谋面的祖籍，
被一把剪刀从名司剪成年代，
剪成很久以前的村庄。
我的年轻、年迈的祖母，
以及她的祖母、祖母的祖母，
游刃有余，
习惯了刀剪在纸上的说话，
那些故事的片段与细节，
那些哀乐与喜怒，
那些隐秘。

村头流过的河，
在手指间绕了千百转，
流到一张鲜红的纸上。
手指已经粗糙、失去了光泽，
纸上还藏着少女的羞涩，
开出一朵粉嫩的槐花。
这一刀有些紧张，
花瓣落了一地，
过路的春天捡起来泼洒，
我看见了我的祖母。

# 芙蓉洞

一个字在洞口开花，
芙蓉肥硕的唇，磨瘦了时光，
远古年龄不详，洞穴里一次深睡眠，
石头、水、乳皆活，浑为天然。
一千零一种迷人的体态，
一百零八种销魂的姿势，
静与动都恰到好处。
深不可测，呼吸越来越急促，
那生命之源竟是自己，
半路留下的根。

飞升的感觉在深处，
滴水也是汹涌。
繁衍成江海与森林，
英雄座次后宫粉黛有了出处，
灯光渲染的帐幔言情，
版本更新，不断接近真相，
幽怨凄冷都是解说的词。
一块没有命名的石头，
正襟危坐，在那里默诵：

为老要尊……

芙蓉在洞口怒放，
不能抑制的生猛与肆意，
一泻两千七百米。每一米丰腴，
都在激活那个字。
那个字洞里不能藏，没有
那个字简洁象形，
不生僻。
所有坚硬生成平滑的肌肤，
有了性情、血脉和姓名，喀斯特
在武隆，他是芙蓉的儿子。

# 潼 南

菜花就这样泛滥了，
在陈抟的道法里归于太极。
阴的柔，阳的刚，集结在崇龛古镇，
五代宋初的一粒种子，
灿烂至今。

从一朵菜花上看它的前世今生，
朝代一茬一茬生长，
生成三十万亩的浩荡。
涪江向远、从定明山登高，
天地之间，尽是黄金甲。

坐如磐石的金佛寺，
微启双唇，满腹经纶普度众生。
佛也金身，道也金身，
我在佛道融汇的菜花地里，
一个来回，就干净了。

这里的"其实一条街"，
已经淹没在高楼与霓虹里了。

香火很旺，青炷袅袅被风吹远，
又从很远的地方被风带回，
就多了份敬畏，在潼南。

# 江津的江

长江在这里拐弯，

一个几字，

围一座嚼不烂古音的半岛。

城市浸泡在水里，

生长柔软的爱情阳光。

通泰门旧时的烟火散了，

中渡客船的汽笛，

纠缠在梦里。

行走在江上的涛声，

一成不变：平，上，去，入，

入成巴蜀天籁。

# 独　秀

一个老人的独秀，
遗落在中国革命的词典里。
斑驳的红墙院老了，
老人最后的呼吸弱如游丝，
行走在曾经的鲜花中。

唾沫如江水，
淹没了最初的光芒。
南京丰厚的许诺，
买不去红墙的奄奄一息。
年代已远，记得的人依然记得。

红墙院的红，
比其他的红更顽固不化。
成色暗了一些，还是原来的红，
还是最初的火苗一样，
孤独地在燃烧。

# 辅相江渊

相国的老院子，
怎么就安置了一个杂技团？
杂技的眼花缭乱，
可以想见一个远去的朝代，
忽明忽暗的褶皱。

朝中的江渊也无法想象，
很久以后，
自己的家可以有这般杂耍。
相国府离京城很远，
大学士江渊和这里的乡亲很近。

门前流过的长江，
一直陪伴在枕边，流作梦，
以及梦醒以后的泪痕。
辅相、辅国，辅佐大明王朝，
只留下生命的学问。

# 四面山

河床关不住水底的蔓延，
八万亩开放的龙爪菊，
以放射的触须，
喂养远山。
所有山的表情，
缘于水。

四面山在中国西南的身份，
属于长江上的一座半岛。
深埋在地底的根部，
是龙爪菊的触须，
破土为山。

所以水从山里的四面八方，
梳洗这里的植被和身体，
干干净净的原始，
使每一块石头生长童话，
每片树叶摇曳悱恻。

从这里一抬脚就是外省，

悄悄话传得很远。

在小木楼里向外发一条信息，

也是大自然分泌的荷尔蒙，

澎湃千里之外。

# 五里坡

五里坡在城外五里的地方，
坡没有五里，走这段路，
用了我五年的时间。

我在半坡那间茅屋里，
认识了涅克拉索夫，
那个写《通红的鼻子》的俄国人。

五里坡和高加索，
就不明不白的有了联系，
我就和诗有了联系。

现在五里坡成了工业园区，
找不到那间茅屋了。
而我相信，挖地三尺，
我和那个俄国人，
还在煤油灯下，一火如豆。

# 马家洋楼

马在百家姓里，
也算是望族。
真武镇上的马，一蹄子撒野，
去了南洋，长褂短了，
辫子打盘藏进了瓜皮帽，
与马尾不再混淆。
马尾长在马尾巴上，
姓马的人，
站立行走江湖。

乡野与外界发生了联系，
庄稼地长出一颗洋葱，
一幢洋崴崴的洋楼，
鹤立鸡群，
这里的民居活生生变矮了。
马家的生意经，
从中文里最初的入声字，
进入粤语、闽南语，
进入世界通行的English，
马还是这马。

长江在这里绕了个几字，
几多冒险、几多酸甜苦辣，
几多感慨与骄傲。
半岛就这么一幢楼，
兴衰与成败，
已经轻描淡写。
马蹄踢踏的声音，
渐行渐远，远成一个年代，
寂静里的浩荡。

# 老　屋

土筑的墙、茅草棚，
比晒坝活生生矮了一截。
时间的暗室，
保留了这张黑白底片。
屋里堆放的风车、犁铧，
以及各种奇形怪状的农具，
在伸手不见五指的夜里，
与我厮守、相爱。
我为它们朗诵普希金，
朗诵自己的心跳。
青春的蓬勃、自负与自恋，
被忽明忽暗的煤油灯撕扯，
体无完肤。

从日头的升高到日落，
每一寸光阴都不能生还。
老屋突兀在五里坡上，
喜怒哀乐落地生根，
比我以后住过的高楼和别墅，
更有温度、更加刻骨。

老屋已经不在了，
省略了泥土脱落和苍老。
底片还在记忆里，
黑与白，不能弄虚作假，
是我没有装扮的真相。

# 天官府

从中华路到天官府，
从一条街到另一条街，
我的姓氏没改，模样儿没改。
窗外的风景没有意外，
却胜过以往，
所有看得见的繁华。

这里的夜色在我眼里，
很美，很静。
很多年以前的吏部尚书，
时有闲情从城市的古隧道出来，
巡走天官府，
那姿态，已是闲云野鹤。

云拥怀抱，
我在十层楼的顶端往下看，
那位吏部尚书无法想象我的高度。
我可以看到他的全部，
他只能仰而视之，
惊叹不已。

原本一介书生，
不该住进天官府，
更不该玩笑作古了的大人。
这实在是有点冒犯天条，
也难怪曹操了，
——"杨修，真的大胆！"

事实上天官府住的都是
清一色的老百姓。
擦皮鞋的和我很熟，
卖小面的时常对我长声吆喝。
而他们，并不知道这地名的由来，
根本不知道。

以前，有一个吏部尚书，
和放牛的牧童在同一个巷子走动。
放牛巷和天官府，
在这个城市
横竖都叫得格外响亮。

经过和平路、火药局，
有很多人往里走
走的人多了，
又有很多汽车往里走，

这是城市的中心，
很多年以后，也不会改变。

# 屋檐下的陌生人

屋檐下住了两个人，
裂了缝的土墙，隔不住
夜半的呼噜与咳嗽，
尿滴瓦罐的单调。
我是一个，另一个，
从来不和我说话。

另一个的头，
重锤样倒挂在胸前，
背上砸出巨大的疙瘩，
人们叫他"驼子"。
我不能，他年过花甲，
我十八岁的腰身
扛不住。

三个三百六十五天早晨，
门前一把择好的蔬菜，
来自他的自留地。
喊他，不应，
打招呼，不理，

心安理得了。


离开那天，
我迎上前："大爷，我走了，
我会回来看你！"
他脸上僵硬的肌肉在蠕动，
不易觉察的微笑，
潮湿了我的眼。


模糊了安过身的地方，
突然想起向来人打听，
说他死了，死好多年了。
那天，天空下着雨，
我漫无目的走到天黑，
黑得让所有的街灯和人，
都看不见我。

# 队长婆的麻花鸡

漂亮的麻花鸡，
麻花的鸡毛，好看。
麻花鸡比别的鸡高调，
生蛋以后的歌声，
翻过几座丘陵。
队长婆的脸上，
笑成一朵硕大的麻花。

那天，我顺了一手，
掐断了它的歌唱。
它在绿色军用挎包里的扑腾，
比我心在胸腔里的扑腾，
显得过于短暂。

回到茅屋三下两下，
焖了满满一锅。
麻花毛和一盆肮脏的血水，
进了屋后的粪池。
只是为了吃，
夜差点被我撑破。

扛着日头出门，
假装镇静。
从来没有打嗝的日子，
在人堆里打了嗝，
赶紧捂住。香比刀子锋利，
可以要命。


队长婆和麻花鸡，
一样高调，
在院坝里破口大骂。
麻花的毛，
熟悉队长婆的声音，
漂浮了上来。


还是那么好看，
所有的人都看得见。
队长婆压低声音，
给身边人说，这事过了，
娃也不容易，
就是想打牙祭。

# 杀猪匠

一刀子进去，
一秒钟的高潮。
杀猪匠年关手起刀落，
一个折子戏，不要帮腔。

耳朵上夹满香烟，
嘴上叼的那支还没燃尽，
就被人取下，另一支点燃，
又送到嘴边。

就是一个造型，
比如身上的油渍与血迹，
去年的还在保留
污垢越多，越是大牌。

猪头、血旺、杂碎，
与锅瓢碗盏依次走过场，
整边的大肉下不了手，
那是一年的指望。

大厨也只能跑龙套，
凉拌、水煮、清蒸、红烧，
边角料主打的盛宴，
席卷的都是快乐。

只一碗酒，连筷子都不动，
那刀，踉跄着走了。
那边又一锅水烧得滚烫，
等的是下一刀。

# 白喜事

死人了，
请个草台班子，
把哀思在花圈堆放的空地，
弄出点动静。

杂耍、跟斗、吹拉弹唱，
吊唁的人闻声而来，
认识和不认识的，
只一句"节哀顺变"，
就自娱自乐。

剥花生嗑瓜子扯把子，
弦歌一浪高过一浪。
生前最亲近的人，
在白布单覆盖的那人面前，
守夜——"让我再看你一眼"

露天手搓的麻将。
打的是"丧火"。
赢钱和输钱，都斤斤计较，

几颗星星掉下来，
被当作九筒杠上了花。

披麻的戴孝的围了过来，
夸上几句好手气。
一大早出殡的队伍走成九条，
末尾的幺鸡，
还后悔最后一把，点了炮。

# 邻居娟娟

娟娟在夜店的台面上，坐。
二十岁花季从事商务活动，
说自己是"台商"，说完了一笑，
娟娟的笑，比哭难看。

摇晃的灯光，摇晃的酒瓶，
摇晃的人影摇晃的夜，
摇晃的酒店，
摇晃的床。

我见过娟娟的哭，
那是娟娟最初的时候。
她看见背后有人指指点点，
听见邻居甩门，发出很怪的声音。

娟娟的哭穿透坚硬的墙，
让人心生惊悸，
秋天的雨，在屋檐上，
一挂就是好多天。

过了一些日子，街巷清静了，
娟娟很少和邻居照面。
白天是娟娟的夜，
夜是娟娟的繁华，不为人知。

娟娟的名字，开始被遗忘。
有警察来过我们的巷子，
打听一个叫娟娟的人，
有人知道说不知道，
有人真不知道了。

娟娟回来过，
有人见到了娟娟。
后来，娟娟又被带走了，
那是白天。后来，
再也没有人看见她回来。

娟娟姓牛，长得好看，
高中读了两年就辍学了。
张妈说她就不是读书的料，
李婶说，美人就不该
生在这个巷子里。

# 看 雁

站立窗前没有别的原因，
喜欢向远。
看头顶上飞翔的雁阵，
变换队伍形态，
没有谁掉队，
更没有谁调头，
这是支纪律严密的部队。

在天空下想象我的加入，
顷刻之间，
清晰无比的角色意识，
超越种种欲念，
抵达一种平常，
这是与生俱来的禀性，
始终不能改变。

每个人都为语言而活，
一句话可以暖人，
可以置人于死地。
倘若众口一词，

比一把匕首更具有威胁，
即使一棵小草，
也让你鲜血淋漓。

从来都没有自由人，
天空没有孤雁，
雁鸣落地可以生根。
人在队伍里的表现不雅，
或者各自为阵，
或者顾影自怜，
不如雁。

看雁阵的飞翔很快乐，
有如一支曲子流淌，
彼此融为一体，
错落有致。

# 窗　台

窗外有一条江流过，
对岸山上的人，
在我的视线里扭动成虫。
江上没有帆叶可食，
偶尔一声汽笛，
让人惊心动魄。

在窗前看江水变换颜色，
是我的唯一嗜好。
以不变的姿势，
看变化万千的江水。

面对风景种种，
我熟视无睹。
无睹泛滥的泡沫，
无睹满江的波涛。

邻家窗台的小姑娘，
和我一样，每天，
都在那里守望江水。

看不到她的眼睛，
却感受到她的忧伤。

从此我离开窗台，
我要到对岸的山上去，
我要到水的中央，
直到江天一色。
我成为江上，
一朵晶莹的水花，
所有的眼睛，
在窗台上清亮了。

# 桂花问题

我的桂花长满新鲜的叶子，
在身后的窗台，
隔一层玻璃，
种种暗示。

枝条纠缠一个问题，
叶子疯长一个问题，
季节来得是时候，
我的桂花最解人意。

偶尔有风，
吹落以前诵过的唐诗，
双音节叠在半空，
等待温柔的手伸来。

合十为巢，
为我的梦想制造眠床。
即使落下也无憾了，
死于你掌心肯定优美。

有某种亲近，
在这个季节里美好泛滥，
在我与桂花之间，达成默契，
问题不再是问题。

其他一切都多余了，
窗玻璃破碎，
有意无意消除了隔阂，
清香，楚楚动人。

# 我 们

风衣摇动的时候，
看不见人的动静，
看不见你的动静，
我在现场。

人最容易被忽略，
你害怕被忽略，
于是就有了许多表演，
有了是非。

秋天的是非生在风里，
柳的妖冶，风的拿捏，
有几条好汉，
能够平静地走过？

或许你算一个，
我也可以算一个，
殊不知你我一不留神，
卷进是非的旋涡了。

与此毫不相干的人，
注定了结局不能改变。
每个游戏的规则，
都进入了程序。


而你不会因此呼救，
我也不会放弃。
风可以随意改变方向，
柳条可以飘摇。


东边的柳说西边的歪了
西边的说东边的不正。
你我还有什么要说，
伸手过来，彼此相握吧。

# 刑警姜红

一支漂亮的手枪，
瓦蓝色的刺激与秀惑，
在他腰间、手里，
在外衣遮挡的左腋下，
生出英雄的旋风。
他的故事行走在这个城市，
坏人闻风丧胆。

身高一米八二，光头男，
长相英俊、酷，
天生就是电影里的正面人物。
我和他同届同门，
攻读法律。法条在他那里，
可以倒背如流，
就像自己身上的汗毛，
疤痕与胎记。

导师李长青说，
姜红还要长，
指他刑警总队长的职务。

那天没有征兆，

案发现场他被召回局里，

"紧急会"只紧急了他一人。

两个武警过来下了他的家伙，

他没有挣扎、争辩，

没有惊慌与凌乱。


——"出来混都是要还的"

香港警匪片里的台词，

姜红如法条一样烂熟于心。

女孩儿一样的名字，

一个真男人，

勋章与手铐都闪闪发光。

姜红的红，与黑只有一步，

这一步没有界限，

就是分寸。姜红涉了黑，

"近墨者黑"的黑，

黑得确凿。


多年过去了，我去探视他，

那是个柔软的春天，

姜红和自己办过的罪犯

关押在一起。还是一米八二，

光头，还是英俊。

我们相拥而抱，无语，

眼睛潮湿了，泪流不下来，
那天，离他刑满，
还有一百八十二天。

# 知青王强

白在黑夜里的白，惊心动魄，
王强在篱笆墙的外面，
偷看了素芬洗澡。

看了就看了，
王强经不起刺激，
恍惚了，病倒在自己的床上。

王强是村里的第一个知青，
一直暗恋素芬，一把劲
使在自己身上。

素芬明白王强的好，
只是村里风大，
风可以把人的舌头拉长。

素芬喜欢听城里的故事，
喜欢和王强坐在一起，
看月亮。

没看见王强出工，
素芬揣两个鸡蛋去看王强，
她不知道他生什么病，心疼。

躺在床上的王强，
看见素芬，心跳加速，
反复一句话："月亮好白。"

其实外面很黑，
连星星也没有一颗，
素芬说："病好了我们去看月亮。"

月亮在眼前晃动，在夜的黑里，
王强坦白了自己的病因，
想得到爱情的原谅。

素芬已经站起身来，
周身瑟瑟发抖，
鸡蛋和愤怒一齐砸向王强："流氓！"

月亮不见了，
素芬和风一起走了，
王强还躺在床上，时间1974。

# 好人张成明

二十世纪七十年代，兵工厂吃香，
张成明返城顶替母亲，
当了工人，
端的是铁饭碗。

我没有返城。张成明替我爸写信，
劝说我回到父母身边，
信上说马儿鸽儿都回了，
很想我。

张成明上了八小时流水线，
流成班组长、主任、财务处长，
流成企业大权在握的高管，
没上过大学的他，很有脸面了。

厂里老老小小都说他好，
我父母特别琐碎，
说病了他买水果来病房，
路上遇见，也下车陪他们聊点家常。

我不在父母身边，张成明
成了我父母身边的另一个儿子。
那天母亲一早来电话，哭了，
哭着对我说．张成明走了……

张成明直肠癌动手术，
我从成都赶回去医院看过他，
他精神很好．说没事了，
隔几天就可以出院，切了就好了。

我简直不相信。几个月时间，
张成明出了院，一直腹痛，
痛到不能忍受再去医院，
就再也没有回来。

医院说癌细胞扩散了，
没有办法了。他的身体和名字，
最后在火葬场化尸炉里化成了灰，
灰里，有一把化不了的手术刀。

已经烧黑了的刀不说话，
它在张成明腹腔里的舞蹈，
藏匿在手术后康复出院证明书
鲜红印章里了，比癌细胞扩散更要命。

好人张成明，我的高中同学，
就这样走了，走得不明不白。
他现在在另一个世界，我想，
肯定在学医，外科，将来是一把好刀。

# 钓鱼城

撕破南宋疆域的蒙古铁骑，
在这里，戛然而止。
一路浩荡烟尘的十万军帐坍塌了，
元宪宗蒙哥最后的一口鲜血，
在钓鱼城下，渐渐变黑。

黑色浸透了这里的石头，
开始变冷、变硬，坚不可摧。
黑色浸透了这里的土地，
土地变得肥沃、松软，
插根筷子也能发芽。

稳坐在钓鱼城上的重庆知府余玠，
玩点钓竿，支撑享祐一壁江山。
上帝在这里折断鞭子，
风雨飘摇的南宋波船，
——因钓鱼城而幸免搁浅。

钓鱼城被誉为"东方的麦加城"，
是以后的事了。

蒙哥不知道，余玠也不知道，
那一场攻守成为世界史上的战例，
成为经典。只是记功碑太小，
记录不了这里的重量。

# 邹　容

那个把清朝的辫子当尾巴剪掉，
扔在后花园的男人，
那个戴军帽，
留着齐耳短发的男人，
那个穿革命军军装的男人，
军中马前的卒子，
在狱中。

窗外马蹄声碎，
消失在一条逼仄的街里。
《革命军》最后一页落款的时间，
天没有亮，一个年轻得难以置信的
生命的呐喊，
回荡在漫长的黑夜，
接下来是一个生命的重，
很轻，很轻。

那天，一个国家的沉睡被惊醒，
那个在广州的临时大总统，
记住了这个卒子，

记住他的年龄和娃娃一样的长相。
有人看见大总统掉泪了，
天空大雨滂沱。

过河了敢于前行的马前卒子，
没有后退。
以一本书缔造了一支革命的军队，
以一生走完了自己的路，
风吹拂他的短发，
成为军中最美的造型。

以后，在这个城市，
有一条路以他的名字命名：邹容。

# 陪　都

从南京总统府收拾起的，
那枚中央政府的大印，
挪放在这个城市。
没有鲜花，没有仪式，
首都转移得非常轻松。
转移到这里来的呼吸却无比沉重，
卡车、大皮靴一口一口地撕咬，
山样的城市在颤抖，
每条街道都感到了切肤之痛。

一个国家揣在一个人的兜里，
东躲西藏。
黑色的披风遮盖了蓝天白云，
雾包裹了这个城市，
很久以后也不能散开。
前方的战火，
朦胧了后方的霓虹，
枪刺上挑起歌舞升平的剧痛，
让一首歌在这里的大街小巷流淌，
——"我的家在东北松花江上"

上清寺那个顶级首脑的官邸，
几树梅花开了。
宋美龄描绘的丹青日渐成熟，
可不是附庸风雅，
落在纸上的三点五点，
惟妙惟肖，
即使成泥，也有暗香浮动。
而石径上来回敲打手杖的那人，
日子过得并不逍遥。

# 较场口

风从后面吹来，较场口背心很凉，
一抹寒光架在脖子上。

枪声没有了，
刽子手的屠刀还没有落地。
即使陈列柜里歪躺着的那具，
中正式步枪锈蚀如泥，
手指可捻。

军装换了又换，
后方一退再退。
从天官府走到较场口的郭沫若，
满腹才情，奔走呼号，
那时，有几人能够读懂凤凰？

这里的诗歌，
比迎面而来的刺刀更锋利。
"四君子"一人一行，书写自己，
涅槃的凤凰冲向云空，
狰狞的黑夜，也束手无策。

腥风血雨过后，

伤痛在太阳下结痂。

紫黑色的花朵与霓虹交相辉映，

当这一切成为背景，

较场口站在风中，不朽。

# 磁器口

那年那天，日军飞机如蝗，
遮蔽了头顶上的阳光。
城市上空的警报撕裂了所有的街道，
一只鸽子的翅膀折断，
回不了家。

滴血的翅膀在地上沉浪，
停止了飞翔。
房子倒了，门窗躺了一地，
防空洞外一架黑框眼镜破碎以后，
呆呆地望着天空。

街上的磁器七零八落，
那些挤进洞里的人比磁器粘得更紧。
空气开始稀薄、开始凝固，
森林般的手臂疯狂舞动，
渐渐缓慢、渐渐无助。

所有的手都朝着洞口的方向，
以相同的姿势，

定格了那个日子。
洞外的那只鸽子死了，
找不到一片白色的羽毛。


黑烟消失，洞里没有人走出来，
磁器街从此伤痕累累。
一碰就会流血，而且流血不止，
半个多世纪以后，
防空洞还在，锈迹斑斑。

# 曾家岩

这里石头最初是红颜色的，
现在看不见石头。
即使看见也难分辨了，
比如清朝离我们已经很远，
那里姓曾的人早已迁徙，
但是石头的姓氏，
未改。

曾家岩门牌号换了又换，
只有50号的门牌没变。
依稀可见，
尽管寻找有些困难。
不如这周围，
像花一样开放的遍地发廊，
招牌醒目，开了关了关了又开。

那年叱咤风云的周恩来先生，
在门前落地成铜雕，
很是伟岸。
只是站在高楼和车水龙马之间太久了，

吵闹了一点，拥挤了一些，
一千个理由，
也腾不出一寸天空。


我时常站在那座铜像面前，
直到黄昏来临。
身旁的高楼群还在不断地拔节生长，
飞驰过往的高级轿车越来越多，
穿梭如无人之境。
终于夜了，
先是灯红，继而酒绿。


曾家岩是这个城市的重地，
最早关门的是50号，
在其他门打开的时候；
最早关灯的也是50号，
在所有灯亮的时候；
只有铜像，永远醒在那里。
一动不动。

# 抗建堂

坐落在观音岩上的话剧舞台，
闻名遐迩。
上演了半个世纪的中国风云，
和黄河的咆哮有关，
和卢沟桥的枪声有关，
和四万万同胞的命运有关。
在城市的历史背景中，抗建堂，
显得格外耀眼。

以最简单的砖木结构，
结构了中国革命的抗战时期，
最年轻的文艺阵容。
棠棣花开几回，
风雪夜，
有谁归来？
这里牵动的每一次心跳，
都是抗日的风暴。

后来在一夜之间消失了，
取而代之的是价格不菲的商住楼。

对面的玻璃幕墙很冷，

很刺眼，

冻僵了我的记忆。

好在周恩来郭沫若都不再回来，

纯阳洞还是纯阳洞，

当年，已经不能再见。


抗建堂说退休就退休了，

舞台留不住，

礼堂留不住，

连一根柱子都留不住。

就在那一天，

老板的推土机傲慢地走过，

观音岩下起了暴雨，

在我心上，留下冰凉的履痕……

# 《新华日报》旧址

旧址已经很旧了，
和周围的建筑格格不入。
旧址对面，
彻夜不眠的绿酒红灯，以及
从不疲倦的宝马奔驰，
一直没有觉察。

旧了就旧了吧，
不是所有人都心疼。
能够保留下来就不错了，
即使坐奔驰的人当过报童，
说不定开车的老子还是当年的特务，
位子换了，春风可以得意。

现在很少有人走进旧址，
好像与他们无关，
与这个城市无关了。
老房子还派上了用场，
旧时的坛坛罐罐摆了一地，
有人讨价还价，面红耳赤。

《新华日报》最后的叫卖声，
封存在旧址最深，
最冷的记忆里。
从街上跑的报童的脚步声中，
找不回当年的感觉，
旧址很旧，买卖天天出新。

# 白公馆

天上最温馨的一床绿被，
飘落下来。重庆以西，
满坡的松林让歌乐山有了芳香，
有了高贵的身份。

白公馆，儒雅的香山别墅，
原本是宝石。
看一眼就让人心醉的宝石，
镶嵌在青山绿水之间。

别墅的主人住的日子很短，
门前石阶没有铺完，结群的狼狗，
和密集的铁丝网在一夜之间，
封了所有上山的路口。

公馆挤满了南腔北调的人，
住在公馆里的人都有很硬的骨头，
可以折断，但不能弯曲。

比如铁签子插进指头可以咬紧牙关，

比如辣椒水灌进鼻孔可以咬紧牙关，
比如老虎凳折磨筋骨可以咬紧牙关。

只能在很远的地方看那一座山，
以及山顶上孤寂的冷月，
蝇虫自由自在地飞。

松林里流淌下来的溪水变黑了，
山上的风使整个城市充满血腥，
那里的人，在地狱编织天堂的快乐。

——"我要放声大笑！"
这里爆发出来的笑声，
在松林坡，卷起永远的波涛。

# 莲花池

回到时间的暗室，
明是历史上有意思的朝代。
崇祯离我们已经久远，
而礼部尚书王应雄当年的儒雅，
还在莲花池泛滥怀古之情，
莲花不败，
芬芳一版再版。

我在暗室之外，
六角形的池塘边，
等莲花的开放。
季节变幻如梦、如妇，
谁耽误了花开的季节？
等不到开花的莲，
我怀疑自己，是不是已经老了。

莲花在池子里开得尚好，
只是那水里的根须，
已不是王应雄潇洒的美髯，
只是我看不见。

莲花池里的莲花浮出水面，
满池的水上芭蕾，
让路人惊羡。

我真的不敢走近莲花池，
即使季节正好，
即使风已经送来花开的消息。
我可以闭上眼睛，
想象她的舞蹈，
想象她细雨中的呢喃，
站得很远。

# 白象街

四川安抚大人的招贤的旗，
在这里摇晃的时候，
白象街已经热闹几百年了。
从战场下来的余玠老眼没有昏花，
一睁眼，分得清花拳绣腿，
看得见山清水秀
宋时的月亮，别在天上。

又是几百年以后，
有好多贤士，
找到了这个地方。
宋育仁在小木楼纸糊的薄壁上，
圈点《渝报》的版面。
萧楚女蘸几许窗外清冷的月光，
撰写《新蜀报》的头条。

先是大不列颠的洋人，
在这里转悠了很久，
白象街有了第一家洋行。
洋腔洋调在这个城市开始泛滥，

我老爹就是在这里学了一句"hello"，
随后，美利坚有了洋行开张，
日本国也有了洋行。


长江轮渡上的汽笛爬上岸来，
跟着高跟鞋疯跑。
五颜六色的外国旗，
捏在手里，
比自家的蒲扇还摇得顺风，
好多年以后都放不下来，
眼下，这条街还蹲在下半城。

# 望龙门

望龙门一只脚站在水里，
江水如龙，其势，锐不可当。
回头看半坡一条小巷，
牵出些平平仄仄的老房子。
屋檐下的鸽子倦了，
老人蹲在地上，
几只小鸡四处觅食。

很久以前这是很风光的地方，
二府衙一个"听用"出来，
可以让鸡飞狗跳。
当时的小巷就是大道，
吆喝声下可入江，
上可轻松抵达，
小什字灯火通明的钱庄。

我在曾家老房子里喝过老酒，
想屋外巷子里的往事。
恐怕是两个衙门的缘故，
"不输不赢不是平局，

赢不了就是输"。
一碗酒在曾老爷子发颤的手里，
开始慢慢挥发。

二府衙除了名字还在，
可以"单碗"酒后说句想当初。
当初，谁也没有见过，
当初早已不在。
该走的人都走出了巷子，
偶尔回来看看，
认得自家的门槛，一切从前。

# 小龙坎

山也如龙，
和当时的长辫一起翻飞。
小龙坎在明清时代就叫响了，
绝非沾染皇亲国戚。

沙坪坝找不到一块像样的坝子，
坡坡坎坎，
爬上旁边的平顶山回过头来，
小龙坎真是条蜿蜒的龙。

如此而已。
因为名字这里热闹起来，
因为热闹有点僭高盖主，
龙游四面八方，很少无人知道。

即使是后来，
千里襄渝线上的钢铁长龙，
在这里也不敢轻易抬头，只好
钻进地底下悄悄溜过。

这是一种神秘，
每个人，每一次过往小龙坎，
都要屏住呼吸、放轻脚步，
或者是习惯，或者有其他的理由。

# 海棠溪

海棠溪没有海棠，
海棠顺水而下，
在长江之南，
喂养了船夫的号子。
摇曳的号子给船上的每一盏灯，
添满桐油，
这里的男人有了牵挂。

可以看见海棠溪鲜花的人，
在水上。
水是船夫的天堂，
可以自由成鱼。
船是快乐老家，可以梦想，
所有的梦被江水浸泡，
都是海棠。

奔波的长江总要在这里，
歇息一会。
海棠溪的水浪，
落地成一方温柔的手帕。

每一次起锚，

不再是泪水洗面，

流浪的桅杆摇一路潇洒。


海棠溪是船夫的海棠溪，

每个人都可以成为，

自己的主角。

在小酒馆喝一盅找一段过去的故事，

在江边听一句吆喝，

看天上的月亮。


海棠溪很小，

是这个城市折叠思念的地方。

所有的船，

都走不出海棠烟雨的缠绵。

# 朝天门

朝天门，
是城市十七道城门的要冲。
两江交汇，雾没有散的时候，
有人说来一直没来，
等了一千年。
改换了多少朝代，
天子还在路上，
无影无踪。

看不见任何东西，
眼前是黑，
看不清模样的只是雾。
朝天的门永远朝天，
保持一种姿势。
门里门外，
进进出出的春夏秋冬，
都隔了一层雾。

嘉陵在左肩挂了副上联，
长江在右肩挂了副下联。

然后两江牵手，
朝天作揖，顶礼膜拜。
城门上横批很精彩，
解读千年，
上面的字还是没有认完。
认得这些字的，只有
年迈的三百级青石台阶。


那是朝天门的百科全书，
一步一沧桑，
步步是经典。
那些匆匆过客，
视而不见。


有雾的感觉真好，
有天子驾到。
即使再等一万年，
爷爷死了还有儿子，
儿子死了还有孙子，
一直等下去，
等别人来指点江山。

# 上清寺

上清寺有没有寺，
找不到记载，
上了年纪的老人说没有。
没有寺的上清寺，
在这个城市很有香火，
围墙围了一些人，
墙里的人感冒，
墙外的人跟着打喷嚏。

我曾经在围墙里，
发霉。和我一起发霉的，
还有不得不穿戴楚楚的衣冠。
这里的天气无法预报，
白癜风可以传染，
每张脸都可能发生病变，
一夜之间，
人模变成狗样。

我从围墙的缝隙里，
逃生出来。

遇见好多壁虎和蛇，
阴湿地带常见的那种，
那里的灌木丛，
让我联想不干净的女人。
我知道，有我一样感受的人，
不能像我一样抒情。


白癜风在围墙里出现，
让一些光鲜的脸，
格格不入。
好多人在自己的鼻梁上，
也迎合一抹白。
白癜风走了，
上清寺用了好多水冲洗，
那种恶心的味道。


上清寺恢复原来的平常，
外面进去的人，
和从里面出来的人，
没有什么两样。
说书的老人还说围墙要拆，
说的和真的一样。
惊堂木落下，
听书的没有一个退场……

# 读书梁

北郊一个普通的山梁，
名字很好，梁上飘飞的书香，
在百年前那间茅屋里的油灯下，
弥漫多年以后，
从那根羊肠子的路上，
走出一个秀才。

秀才不知了去向，
那道梁在城市隔山隔水的地方，
有后来人很美好地记上一笔。
尽管听不到读书声，
尽管野草疯长，那条小路，
瘦得看不清模样。

对面半岛城市一天天发胖，
有很多脂肪飘过江来。
最先堆积起坡月山庄，
后来有了爱丁堡，
再后来又有了景馨苑，
读书梁，一夜之间涂满黄金。

有好多豪车来来往往，
保安笔挺，一律举手致敬。
有好多大腹便便的人，
互不搭理，走得大摇大摆。
那间茅屋在这里肯定没有产权，
那些人和秀才也不沾边。

我也是从半岛挤出来的脂肪，
这和当时的肥胖有关，
以后就开始减肥，
减到现在，格格不入了。
也许我住在这里丢人现眼，
无奈没有去处，
还与那书生，沾亲带故。

# 棉花街

我在这条街上走的时候，
已经见不到街了。
一条青石路油亮光滑，
那是清末遗留的一条长辫，
顺坡而下的民房，
像倒扣的黑色瓜皮帽，
百年忘了捡拾。

棉花帮最后的帮主，
作为一幅民俗画的落款，
进了博物馆。
和画一起陈列的，还有当年，
西洋人马丁的黑白记忆。
一条街蒸发了，
这里的棉花飘飞为云。

剩下一条路可以交通，
我曾经上上下下，
找个小店喝碗老酒，
在那里听那些跑船的人，

戏说旧年的繁荣。
一碟花生米，
余味无穷。


街没有了，
青石板路不在了，
喝酒的店子找不到了。
没有人可以和我进入以往，
以往模糊不清。
我不知道这里丢失了什么，
棉花街，真的上了年纪。

# 红卫兵墓

沙坪坝是城市唯一的平地，
公园里的树绿得发冷，
即使最热的时候进来，
笑声也会冻僵。
有一段围墙豁缺了，
被重新堵上，
堵了又缺。

围墙不是一个人在堵，
围墙也不是一个人在拆，
堵墙的人拆过墙，
拆墙的人，
又会把墙堵上。

残垣以外的风景，
是沙坪公园的一部分，
一堵墙把它隔离开了，
与环境不协调，
与季节不协调，
旧年的伤疤，犯忌。

墙内的草木，
有花落、叶落，有树枯萎。
墙外从来无人看管，
却不见狼藉和尘埃。
我在清明时节路过，
断墙开满鲜花。


比邻的教堂钟声哑了，
冰冷的十字架下，
年代失血。
一个裸露的坟场，
保存最为惨烈的完整。
一百颗早上八九点钟的太阳，
在那年，在墙外，
封存了体温。

# 老房子

上清寺大院往右，
三层楼的老房子年事已高。
与这个城市三千年的血缘无关，
早年住这里的是俄国洋人，
与五百米外的另一幢楼，
交涉外事。

五十年以后，
我从杨沧白的那条路上走来，
走进院子里这幢老房子。
当然没有洋人了、没有低级趣味，
比我先到老房子的人说话很轻、咳嗽很轻，
走路如猫，踩不出一点声音。

另一幢楼改叫一号楼了，
这意思很明白。
一大于一切，一是万楼之最，
老房子和一号楼。
墙里和墙外，有了一种关系。
好多人都在进出。争先恐后。

我特别喜欢老房子的木地板，
极其绵轧的韧性，
透着一种狡猾的黑。
在我走进这幢楼的时候，
皮鞋咬着木板的声音，
使我充满快乐。

其实上楼的梯子有点软了，
像是铺了海绵。
守门的老头早就已经发现，
白蚁像米粒一样新鲜。
这是非常危险的信号，
愈是没有声音，愈是问题。

# 那鸟和我

原来的院子里我办公桌临窗，
很适应那时心境。
窗外的空地上几棵树疯长，
使我不停地想象，
可以从窗玻璃穿过，
成为另一棵树。

有鸟天天飞来，在窗台，
小红嘴敲打玻璃的声音，好听，
抓不住玻璃的爪子，
重复下滑。
每天我和她对视的一刹那，
静如淑女。

在我所有的朋友中，
那鸟，距离我最近。
我的寂寞和孤独，因此而深重，
但我知道，不能放她进来，
重复我。

我在这里笑得非常娴熟，
我的语言可以背诵，
一举一动，一招一式，
都在按部就班，
完成桌面给我的提示，
我身体各个部位已变成开关。

我离开以后，
想明白了许多事情。
理解那些在立正稍息的口令下，
站起，或者趴下的签字笔。
我懂得了英雄不以成败而论，
天很蓝，深不可测。

也许在若干年以后，
我穿过玻璃又回到桌前，
回到过去。
以回放的方式——重演，
而我不再是我，
那鸟，已经飞走，不再来。

# 1955 年 12 月 12 日

从这一天开始，
我在这个城市见到了天空。
我眼里的天空很具体，
给了我最初、最久远的记忆，
血红雪白。

这一天我没有哭，
早早地睁开了眼睛。
这种反常，
让护士有机会使劲拧我的屁股，
而我，望着眼前的一切，
始终没哭。

母亲已是大汗淋漓，
泣不成声了。
我想记住这情景的是父亲，
父亲是个粗糙的男人，
从外到内的粗糙。
这次细腻，让我一生感动。

我知道我不会哭，
我的眼泪已经托付给长江了。
魔一样的盆地，
再多的泪水也能够盛下，
无法改变。

很多人都不知道我是色盲。
正因为如此，
我对本色极度敏感。
我眼前的本色，
来自诞生时的一刹那，
血红是真，雪白是纯。

从此，我的世界里无法认同，
那些形形色色的表演。
我知道，任何形式的表演，
都远离本色，
自惭形秽。
血红雪白：1955年12月12日。

# 即使陷入，也不会走开
## ——写在诗集《家谱》后面的话

梁　平

岁月是一把杀猪刀，刀刀留痕。

从二十世纪八十年代开始写诗，近四十年了。除了偶尔写散文随笔、诗歌评论和小说，留下了十本诗集近千首诗歌，而能够让自己满意、聊以自慰的有，长诗《重庆书》《三星堆之门》《成都词典》和一二本诗集。然而，这所有的写作都是我所珍视的，因为那些文字已经成为我生命的胎记。

诗集《家谱》是我写长诗歇停之余和之后，近几年的一个短诗结集。之所以取名为《家谱》，是因为这里面集结了我文字的血缘，情感的埋伏，故乡和家国基因的指认。家对于我，是我一生写作的土壤。我敢肯定地说，我以前、现在以及以后的写作，绝不会偏离和舍弃这样的谱系。

转眼已过花甲，我在近十年经常挂在嘴上的"年事已高"，真的高了。

现在身边我这个年龄的人，大多已经不写了。其实这很正常，"想当年金戈铁马，气吞万里如虎"，而如今，一杯清茶，一个案头，一张宣纸，涂点字画，也是自得其乐。这把岁数，只要谨记做一个"好老头"就够了。

但也有意外，一个是已故的孙静轩老爷子，他生前似乎就没有停过笔，那年72岁，又写出数百行的《千秋之约》。记得老爷子写完这首诗，很激动的到我办公室拿给我看，那神情就像孩子似的，而且那孩子刚刚做成了一件了不起的大事。这是诗人的气质，一种永远的激情，永远的写作状态。这首诗是诗人拜谒陈子昂墓的凭吊诗。这首诗感染我、打动我的是诗人的率真和勇敢，是诗中力透纸背的尖锐。我想说，一个诗人，没有他那样的生命体验，没有他那样的生活阅历，是不敢提笔、甚至提不起那支笔的。这首诗非老爷子莫属。很显然，这是年龄问题，当然又不是年龄问题，个中感受大家心知肚明。另一个张新泉，现在也是70多岁了，拉二胡不说，吹笛子可是气力活，一曲下来，满堂喝彩。重要的是笔耕不缀，新作接二连三，而且写得青春、灵动、深邃、力道，一个耄耋老人，能够留下"桃花才骨朵，人心已乱开"的佳句，广为传播。

我把他们视为榜样。一个走了，音容笑貌如在眼前，单纯、洒脱。一个健在，身体还硬朗，白发如雪，一如他为人为诗的干净，心无旁骛。所以他们的写作不会因为年高、也不会因为退休而终止，与生命同在。这是真正意义上对诗歌的虔诚和敬畏，诗歌之外的得失和计较，在他们身上没有依附之处。

我不是一个勤奋写作的人。二十世纪八十年代的写作，基本上是在边缘，想什么写什么，想怎么写就怎么写，不参加任何派别，不肯入"流"。那个时期的报刊上经常出现的我的名字，现在翻检出来有不少令自己汗颜。一九八六年徐敬亚的诗歌流派大展，我的作品归类为散兵游勇；一九八八年的《萌芽》杂志，居然有我、阿来、龚学敏的诗歌在同一期、同一个栏目集结；一九八九年《星星》封三的青年诗人肖像，我和阿来两人的青涩，竟是那么的可爱。谁也没有想到，几十年之后，我们会天天在红星路二段八十五号进出，在同一个甑子里舀饭吃了。这也是缘分，所以格外珍惜。

我现在的写作状态愈发清晰，我希望我的写作能够与社会保持一种关系，能够与自己的生命经验保持一种关系。这样一个向度的确定，反而让我"勤奋"起来。

感谢"花甲"，我可以自主选择参加那些例行的公事，可以自主选择那些可有可无的应酬，可以一个人给自己闭关，三五天不下楼，在电脑上敲打属于我自己的文字。我知道，这是一种陷入，远不如一杯清茶、一张宣纸来得惬意。这样的陷入，让我获得一种兴奋。就像我特别喜欢的美国诗人法·奥哈拉的那首于关于诗的《诗》，其中两句让我谨记："你不必竭力不去陷得太深 / 你可以永远走开如果你太害怕"。我想，如果是这样，我不会走开。

感谢振亚小兄拨冗为诗集作序，字字句句手足之情，溢美之词当作勉励。

我在这里后补几句废话，无外乎感慨岁月流逝，庆幸的是，找不到一点伤感。

是为跋。

2017年9月4日于成都